La Porteuse de mots

casterman
Cantersteen 47
1000 Bruxelles

www.casterman.com
ISBN : 978-2-203-08571-8
N° d'édition : L.10EJDN001380.N001

© Casterman 2014.
Achevé d'imprimer en août 2014, en Italie.
Dépôt légal : septembre 2014 ; D.2014/0053/392
Déposé au ministère de la Justice, Paris
(loi n°49.956 du 16 juillet 1949 sur les publications destinées à la jeunesse).

Anne Pouget

La Porteuse de mots

casterman

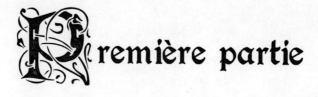

Première partie

Chapitre 1

La Vallée de misère

Paris, mai 1499

Pernelle se massa les épaules, ultime répit avant de se jeter dans la mêlée : malgré l'heure matinale, la fontaine de la Halle était assaillie de monde ; ça chahutait, ça criait, ça se bousculait autant que dans une basse-cour à l'heure du grain. Armée de ses seaux, la jeune fille se fraya un chemin, reçut quelques coups au passage, en distribua tout autant, avant d'attraper la margelle pour ne plus la lâcher. Elle posa son récipient sous le bec d'arrivée d'eau et attendit que le seau soit presque rempli pour glisser prestement le second en remplacement du premier.

— Dégage de là, j'ai trois marmots que j'dois m'occuper ! grognassa une matrone, puisette[1] en main et ventre en avant.

---

1. Ancêtre du robinet, la puisette est un ustensile domestique servant de réserve d'eau, que l'on pouvait distribuer grâce à deux becs verseurs.

Pernelle cramponna de ses jambes le seau qu'elle avait posé à ses pieds et défendit sa place jusqu'à voir son second récipient rempli. Puis elle s'extirpa avec peine de la cohue et souffla, soulagée. Chaque matin, c'était la même épreuve, la même bataille ! Paris ne comptait que quelques fontaines et tout un voisinage venait s'y pourvoir : porteurs d'eau à bretelles, comme elle, mais aussi les matrones avec leurs récipients domestiques.

Pernelle posa la *nageoire* — ce couvercle qui permettait d'éviter les éclaboussures provoquées par le mouvement de la marche — sur les seaux de bois, qu'elle cala dans les cerceaux métalliques destinés à maintenir les récipients éloignés du corps afin de marcher sans entrave ; pour finir, elle ramassa et ajusta la sangle qui lui passait derrière la nuque. La stabilité de son attelage assurée, l'adolescente se redressa... Après avoir levé les yeux au ciel, si bleu en ce mois de mai, elle se mit en marche pour sa journée de travail en lançant son cri :

— À l'eau ! À l'eau ! Qui veut de ma bonne eau ?

Au grand dam de sa jupe, la jeune fille évolua dans les boues grasses du quartier, gardant un œil vigilant vers le ciel, non parce qu'il avait abondamment plu la veille mais pour éviter, après le cri rituel « gare, gare », le contenu des vases de nuit ou des bassines des lessives jeté par les fenêtres des étages.

Les ménagères, accoudées à leurs fenêtres, faisaient leurs courses *par corde* : il leur suffisait de passer commande, à la criée, aux marchands crocheteurs qui se tenaient dans la rue ; une fois le prix conclu, ceux-ci plaçaient les victuailles dans le panier, qu'ils accrochaient à la corde-hameçon lancée de l'étage ; les matrones n'avaient plus qu'à tirer la nacelle à elles, la vider et mettre l'argent dans le panier avant de le renvoyer.

Pernelle revenait par la rue de la Boucherie lorsqu'un jeune homme la héla. Il était vêtu très sobrement.

— À l'eau ! À l'eau ! Veux-tu de ma bonne eau ? proposa la jeune fille.

— *Si, grazie !* répondit-il, cherchant une maille[2] dans sa bourse, tandis qu'elle décrochait le godet suspendu à sa ceinture pour le servir.

Il but en silence, laissant son regard errer sur les abords de la Seine pendant que Pernelle replaçait la nageoire sur le seau.

— Tu portes l'uniforme du collège Montaigu ? remarqua-t-elle.

— En effet. Et toi, tu as l'air de t'y connaître en écoles.

— Bah ! Paris n'est qu'un village et, en outre, mon métier me conduit à sillonner toutes les rues, à connaître tout le monde. Je suis née ici.

---

2. La maille était la pièce de monnaie de la plus petite valeur. Elle valait ½ denier. (1 livre parisis ≈ 600 mailles).

— *Grazie !* ajouta-t-il en lui rendant la timbale.

Pernelle souleva son attelage, prête à passer son chemin ; le jeune étudiant semblait hésiter sur la direction à prendre.

— Tu es perdu ? interrogea-t-elle.

— *Si !* Je cherche la Halle aux draps.

Il s'exprimait avec un accent prononcé.

— Viens, je vais te remettre sur la bonne voie ! proposa la porteuse d'eau.

Elle le précéda et, ensemble, ils marchèrent un instant côte à côte. La jeune fille en profita pour assouvir sa curiosité :

— D'où viens-tu ?

— De *Firenze, in* Italie. Vous, les Français, vous dites *Florence*, n'est-ce pas ?

Pernelle secoua la tête, posa un instant sa charge.

— Et que viens-tu faire ici ? s'enquit-elle encore, tout en massant son épaule endolorie.

— Je suis venu pour étudier au collège Montaigu, sur la montagne Sainte-Geneviève, expliqua-t-il avec son accent maladroit. Et toi ? où vis-tu ?

Elle pointa le doigt dans une direction évasive :

— La Vallée de misère, près du pont aux Meuniers et aux abords de la Seine. Toute ma famille d'ailleurs exerce un métier d'eau : mon frère est déchireur de nefs...

Son compagnon l'interrompit, surpris :

— Déchireur de nefs ? Qu'est-ce que c'est ?

Elle remit son attelage sur les épaules et reprit sa marche, expliquant :

— Il travaille en amont du Louvre, sur l'île Maquerelle, où l'on démolit les vieilles embarcations. Quand on les démembre, on dit qu'on les déchire ; ceux qui font ce travail sont ainsi appelés « déchireurs de nefs »... Le bois récupéré est revendu en bois de chauffage pour la maison, mais aussi pour fabriquer la chaux ou faire du papier.

Le jeune homme parut satisfait par l'éclaircissement.

— Je m'en souviendrai, en tout cas ! Et toi, tu es porteuse d'eau à bretelles, n'est-ce pas ?

— Oui mais...

Elle sembla hésiter, puis se tut. Rien de tel pour attiser la curiosité de son compagnon de promenade.

— Oui mais... quoi ?

Ils étaient arrivés à la hauteur de la rue de la Ferronnerie, qui conduisait aux Halles. Très précautionneusement l'adolescente reposa ses seaux, puis glissa la main dans sa poche et en tira un papier gras qu'elle déplia ; de l'index à l'ongle crasseux elle pointa une lettre.

— J'aimerais apprendre à lire. J'ai trouvé ce papier dans la rue et, quand je rencontre un savant et qu'il veut bien me renseigner, je lui demande de m'apprendre une nouvelle lettre. Ça, j'ai appris que c'est un A. (Elle glissa le doigt d'un cran.) Ça c'est un O et ça c'est un N ; pour l'heure, c'est tout ce que je sais, et je me répète ces trois lettres chaque jour.

Il se fit plus attentif, prit le papier entre ses mains puis le lui rendit, désignant une lettre :

— Ça c'est un S ; tu le reconnaîtras facilement, S comme un serpent.

Il la dévisagea avant de demander :

— Quel âge as-tu, jeune fille, pour porter un aussi lourd fardeau ?

— J'ai treize ans et demi, et mon frère presque quinze. Et toi ?

L'étudiant rit, découvrant ses dents bien alignées :

— J'en ai seize, répondit-il simplement avant de la saluer aimablement et de s'éloigner.

Lorsqu'il eut disparu à son regard et qu'elle fut revenue de son émerveillement, Pernelle réalisa qu'il ne lui avait pas dit son nom. Mais au fond qu'importait ? Elle regarda la feuille froissée, la lettre qui se torsadait comme le croc du boucher et répéta : « S... »

Ayant replié et rangé religieusement son feuillet dans sa poche, Pernelle ramassa son attelage et poursuivit son chemin jusqu'au grand Châtelet.

Elle emprunta la porte latérale de l'imposant édifice, s'engagea dans la galerie où les marchands vendaient tout ce qui pouvait être utile aux métiers de loi : papier, encres, plumes et calames, cire à sceaux... La porteuse d'eau salua les familiers du lieu : lieutenants, conseillers, avocats, sergents, audienciers, clercs de greffe ; les notaires étaient les plus cocasses car ils se déplaçaient en portant sur eux tout ce qui leur était nécessaire à l'écriture, soit suspendu au cou, soit à la ceinture par des cordons : un bric-à-brac de petites boîtes en corne, canif et plumes, rouleaux de papier, cornets à encre.

Le grand Châtelet, construit en son temps pour défendre Paris des invasions normandes, avait été dévolu à la justice. La forteresse y abritait les prisons, séparées de la salle d'audience par une cour.

Pernelle aimait venir en ce lieu, non seulement parce que l'on y croisait le monde du savoir et des mots, mais également pour écouter les plaidoiries habiles des avocats des bêtes, toujours minutieuses, toujours bien menées.

Elle entra dans la salle d'audience, réservée un jour par semaine aux magistrats de l'Église pour le déroulement des procès qui ne dépendaient pas des juges civils : au pouvoir du roi celui des corps, au pouvoir de l'Église celui des âmes du Créateur… Au chapitre des créatures de Dieu, les animaux étaient jugés de la même manière qu'un être humain, selon la même procédure, et défendus par des avocats spécialisés qui plaidaient leur cause avec autant de sérieux que s'il s'était agi d'un homme.

Le juge ecclésiastique, en chape de fourrure sur habit rouge, se tenait à son pupitre, flanqué par deux juges chapelains ; visiblement agacé, il martelait la table de son ongle, guettant la bougie des heures, graduée sur le côté par des traits d'égale longueur, tandis que plaideurs et huissiers chuchotaient entre eux ou s'échangeaient des documents.

Pernelle s'approcha de la chaire et posa sa lourde charge au sol. Retirant la nageoire de son seau, elle y plongea sa louche et se mit en devoir de remplir les timbales alignées devant les magistrats de l'Église et le notaire.

Un avocat entra tel un diable jaillissant de sa boîte, ajustant sa robe comme s'il s'était habillé en chemin, avançant à grandes enjambées, le cheveu défait, le visage suintant d'avoir trop couru.

Le magistrat se délesta de son agacement sur le nouveau venu :

— Maître Chassanée, la bougie fondait et à la prochaine marque je levais séance, vous collant tout droit une amende pour nous avoir fait perdre notre temps !

Puis, se tournant vers Pernelle, surprise au moment où l'huissier-buvetier allait la payer, il lui souffla avec moins de mauvaise grâce :

— Peux-tu attendre, le temps que notre avocat nous explique la raison de son retard ?

La jeune fille trouva une place près de la fenêtre.

L'avocat retardataire alla s'installer sur son banc ; le maître des requêtes, qui se tenait sur une estrade surélevée, prit la parole et lut publiquement l'acte d'accusation :

« La paroisse de Saint-Leufroy, dont les représentants sont ici présents, assigne en justice les rats, qui ont causé de sérieux dommages à ses récoltes. Leur défense est assurée par maître Barthélémy Chassanée. »

Le juge lorgna l'intéressé avant de demander :

— Maître ? Où sont les *prévenus rats* ? Vous savez que la loi impose à tout accusé d'être présent à son procès !

Ayant retrouvé son aplomb, séché son visage suant, l'avocat prit la parole :

— Monsieur le Président, la Cour, l'absence de mes *clients* justifie mon retard, si je puis dire, car en voilà le motif : les délais exigés par le Tribunal aux *prévenus rats* pour se présenter devant leurs accusateurs n'étaient pas suffisants ; en effet, mes *clients* sont dotés par la nature de très courtes pattes, et ils ne peuvent se déplacer aussi vite que vous et moi. En outre, étant donnée la quantité de chats sillonnant le quartier, mes *clients rats* ont dû faire de nombreux détours, ce qui a d'autant plus rallongé leur chemin. Voilà pourquoi, et malgré toute leur bonne volonté, les prévenus ne sont pas là.

La salle exprima sa consternation. Le juge principal s'éclaircit la voix :

— Et… que suggérez-vous, Maître, après cette poignante excuse qui nous a arraché des louchées de larmes ?

L'avocat leva les bras au ciel :

— Monsieur le Président, j'en appelle à votre intelligence : je demande un report d'audience.

Le juge plissa les yeux et, contenant son agacement, rétorqua :

— Serait-ce à dire, Maître, que si nous refusions ce report, nous ne serions pas intelligents ? Je vous signale, maître Chassanée, que vous nous en avez déjà extorqué un lors de la dernière audience. Cette fois-là, c'était parce que, vivant dispersés dans la nature, les pauvres bestioles n'avaient pas eu le temps de se passer la date d'audience entre elles !

Barthélémy Chassanée se fit théâtralement implorant :

— Monsieur le Président ! Vous imaginez bien que les rats ne vivent pas dans la même maison, divaguent ici et là, courent par les égouts et ne se voient pas forcément tous les jours ! Il fallait bien leur laisser le temps de se transmettre la nouvelle !

Après avoir délibéré à voix basse avec ses assesseurs, le juge saisit la cloche qui se trouvait devant lui et la secoua :

— Vous expliquez si bien votre *cause* que vous obtenez *gain de cause*, si je puis me permettre ce jeu de mots : report d'audience accordé.

Il se fit plus malicieux :

— Puis-je fixer une nouvelle date, maître, ou devra-t-on se soumettre au bon vouloir de vos *clients* et leur demander jour et heure à leur convenance ?

Puis, sans attendre de réponse, il conclut avec un sérieux retrouvé :

— Dans deux mardis, à la même heure et... soyez à l'heure !

La cloche retentit plus sèchement, annonçant la fin de l'audience.

L'huissier-buvetier fit signe à Pernelle de s'approcher et lui paya son dû avant de la congédier. La jeune fille remercia, puis s'en alla à la traîne des parties, plaignants et défenseurs pêle-mêle.

Rendue à la rue, elle lança son cri :

— À l'eau ! À l'eau ! Qui veut de ma bonne eau ?

À la fin de sa tournée matinale, Pernelle se dirigea vers la pointe de l'île de la Cité, où arrivait le bois flotté jusqu'au port de la Grenouillère[3]. Elle chercha la silhouette de son père ; le visage maculé de vase, immergé à mi-corps dans la Seine, il sortait les troncs débités de l'eau. C'est qu'il en fallait, du bois ! Pour la cuisine, le chauffage, mais aussi pour la construction des maisons, des charrettes, des bateaux et des barges, ainsi que pour tous les métiers qui entretenaient en permanence des brasiers : boulangers, teinturiers, tuiliers, céramiquiers, brasseurs... Fort heureusement, Paris était enclos de forêts généreuses !

---

3. Devant le musée d'Orsay actuel. La « Grenouillère » car les ouvriers étaient comme un nid de grenouilles, toujours à tremper dans l'eau.

Soudain, le père de la jeune fille glissa et disparut sous l'eau. Affolée, Pernelle renversa ses seaux à la hâte et dévala la berge, les yeux rivés sur les deux compagnons débardeurs qui fouillaient désespérément la vase. Mortifiée, la jeune fille attendit; enfin, les hommes sortirent son père de la Seine et elle se précipita, les yeux exorbités d'effroi. L'un des débardeurs prit la tête de l'infortuné entre ses mains et le somma:

— Crache Arsène, crache et respire!

Le regard de la jeune fille allait du noyé à celui qui l'exhortait à reprendre connaissance tandis qu'autour d'eux une couronne de manœuvres s'était formée.

Envoyé à point nommé par le destin, Martin Bonnot, professeur en art de la médecine à l'université, arrivait; il était connu comme le loup blanc et n'eut aucun mal à faire s'écarter les badauds.

Remettant la vie de son père entre les mains du savant, Pernelle ravala ses larmes...

Martin Bonnot s'agenouilla au chevet d'Arsène et, d'une pression violente, lui comprima la cage thoracique. L'homme jusqu'alors inanimé cracha un bouillon saumâtre et se mit à tousser, tandis qu'on le redressait pour l'aider à reprendre son souffle. Soulevant le bas du pantalon de l'infortuné, le médecin tâta une ulcération, provoquant une vive réaction de la victime.

— Vous pourrissez de l'intérieur! Vous avez attrapé la *grenouille*!

Rappelé à son poste par un contremaître, Arsène se releva et s'éloigna.

— C'est ton père ? interrogea l'homme de science.

— Oui ! répondit Pernelle avec désarroi.

Sortant une maille de sa poche, elle la tendit au médecin. Il la repoussa avec douceur :

— Non, laisse, de toute manière je passais par là.

Elle s'enhardit :

— Nous savons, pour la grenouille... Mon père s'est blessé au mollet il y a trois semaines de cela et la plaie s'est infectée. Mais il ne peut pas arrêter de travailler à cause du salaire, qui manquerait trop ! Je vous en prie : si vous le guérissez, je porterai de l'eau gratuitement à votre domicile pendant tout le temps que vous voudrez.

Il hésita, perplexe, puis lui demanda :

— Où vivez-vous ?

— Dans la Vallée de misère.

Le médecin attarda son regard sur Arsène avant de conclure :

— Je dois m'arrêter à Saint-Leufroy, ce soir, pour une visite. Attends-moi-y à vêpres et tu me guideras jusqu'à votre maison.

Pernelle hoqueta son accord à travers ses larmes. Ramassant son attelage, elle s'en fut. La maladie de la grenouille, elle le savait, c'était le mal qui atteignait les débardeurs de bois à force de tremper dans l'eau. La moindre égratignure s'infectait et la jambe pourrissait. L'espérance de vie de ces ouvriers était bien précaire ; mais ils n'avaient d'autre choix car, sans l'argent du père, la famille ne subviendrait pas à ses besoins...

Bien avant l'heure dite, Pernelle arriva au lieu de rendez-vous. Pourvu que le savant n'ait pas oublié sa promesse ! Les échoppes des oyers[4] de la Grande Boucherie, dont l'avant donnait sur la rue, délivraient leur fumet exquis de volaille rôtie. La jeune fille attendit, torturée par la faim à mesure qu'elle suivait le geste maîtrisé de l'oyer arrosant l'une après l'autre les volailles enfilées sur de longues broches.

L'église Saint-Leufroy carillonna la fin des vêpres et Pernelle, aux aguets, piaffa d'impatience près du parvis.

Enfin, Martin Bonnot apparut et la rejoignit.

Après avoir contourné le pâté de maisons où vivait la famille de la jeune fille, ils arrivèrent devant une petite bâtisse à colombages dont Pernelle poussa la porte d'entrée.

Le regard du médecin glissa de la table cernée par quatre tabourets à une étagère de bric et de broc où s'entassaient vaisselle et torchons, pour se poser enfin sur le chaudron d'où se dégageait,

---

4. Vendeurs d'oies, viande très prisée au Moyen Âge.

non le fumet du repas qui mijote dans l'âtre, mais un arôme piquant et vinaigré.

— Je lui ai préparé des cataplasmes pour les abcès, intervint Richarde, la mère, gênée.

Le maître des arts apprécia les traits racés du visage de la femme : des yeux aussi noirs que ses cheveux, une bouche bien dessinée, un port de tête qui lui conférait une humble élégance. On y devinait à quoi ressemblerait Pernelle adulte !

— Puis-je voir le malade ? demanda-t-il.

Richarde acquiesça d'un mouvement du menton, laissant sa fille conduire le médecin jusqu'à la pièce attenante, à peine éclairée d'une lucarne. Arsène gisait, la respiration rauque.

— Il me faudrait un peu de lumière, murmura Martin Bonnot à l'adresse de Pernelle, le ton pétri de douceur.

La jeune fille disparut un instant puis revint avec une chandelle, dont elle se servit pour en allumer une autre, laquelle aspira la flamme avant de répandre à son tour un faible halo dans la chambre.

— Approche et tiens-toi ici pour que j'y voie plus clair.

Pernelle fit ce qu'on lui demandait, prenant soin de ne pas laisser s'écouler le suif fondu sur le corps du blessé.

Le médecin se pencha sur le malade, observa une cloque, puis posa l'oreille sur sa poitrine.

Pernelle attendit la fin de la quinte de toux de son père pour préciser :

— Ma mère le soigne avec des emplâtres et lave les plaies au vinaigre et à l'eau bénite, mais son état ne s'est pas amélioré. Nous implorons également saint Benoît, saint Jouvin et saint Éloi, saints patrons des maladies de la peau.

Le médecin hocha la tête, considérant les quintes grasses et le corps ravagé par les ulcères, tous les signes indiquant que l'homme ne résisterait pas bien longtemps à l'œuvre de la maladie de la grenouille. Lui, l'homme de science, doutait de l'efficacité de la médecine des pauvres, qui consistait en récitations de prières, en incantations diverses, en bénédictions de remèdes faites par un prêtre, ou en la lecture de légendes de saints au chevet du malade pour éloigner le mal.

— Écoute, passe à l'école de médecine ; tu demanderas maître Pierre Rosée, il te donnera un remède que j'aurai commandé pour toi. Porte-lui deux seaux de ton eau et nous serons quittes.

Ému par le sourire las de la fillette, il le lui rendit avec tendresse.

— Quel est ton nom, jolie porteuse d'eau ?

— Pernelle, répondit-elle, à la fois étonnée et fière qu'on lui ait trouvé une quelconque joliesse sous ses vêtements élimés.

Elle souffla les deux chandelles avant de raccompagner leur hôte illustre. La mère avait vidé une espèce de bouillie verdâtre sur un linge posé sur la table.

Martin Bonnot lui expliqua clairement la situation et, notamment, l'urgence pour Arsène de changer d'emploi, au moins le temps de guérir, ou il y perdrait la vie. La femme baissa les yeux et soupira de lassitude impuissante...

Chapitre 2

C'est écrit

Pernelle traversa la Seine par le petit pont puis emprunta la rue de la Bûcherie, où se trouvait l'école des arts de la médecine. Elle entra dans la cour, héla un étudiant :

— Où pourrais-je trouver maître Pierre Rosée ?

— Que lui veux-tu, souillon ? demanda le jeune homme auquel elle s'était adressée.

— C'est maître Martin Bonnot qui m'envoie.

L'attitude du jeune arrogant changea aussitôt et il expliqua très aimablement :

— Prends ces escaliers, puis frappe à la deuxième porte sur ta droite.

Pernelle monta les quelques marches ; soudain, une secousse violente la déstabilisa et, si elle ne s'était défaite de son harnais par réflexe, elle aurait été entraînée avec lui au bas du perron et pour cause : un étudiant étourdi s'était empêtré dans l'un des arceaux de l'attelage et avait perdu l'équilibre.

La jeune fille dévala les marches pour porter secours au malheureux, complètement trempé ; humilié, car d'autres autour de lui riaient du spectacle, le jeune homme se releva et donna un coup de pied rageur à l'un des seaux. Pernelle allait piteusement s'excuser lorsqu'il fondit sur elle et la malmena avec hargne.

— Ça suffit !

La voix, qui avait couvert les autres bruits, provoqua un silence instantané et même le belliqueux personnage s'immobilisa. Les étudiants se dispersèrent tout à trac avec la promptitude de rats quittant le pont d'un navire.

Pernelle releva son visage bouleversé, tenta de discipliner sa tignasse enchevêtrée.

L'homme, dont le ton s'était radouci, lui demanda :

— Que fais-tu en ce lieu, jeune fille ?

Il avait la trentaine affichée, un accent prononcé, une tenue noire et sobre.

— Je venais trouver maître Pierre Rosée… c'est maître Martin Bonnot qui m'envoie pour chercher un remède.

— Viens, je te conduis à lui ! proposa-t-il avec amabilité.

Il emmena Pernelle à l'intérieur du bâtiment et lui céda le passage après avoir ouvert une porte. La jeune fille pénétra dans une salle spacieuse, éclairée par de hautes fenêtres grillagées ; en périmètre s'alignaient des tables encombrées de récipients gradués et de flacons étiquetés, obturés par des bouchons de liège. Un homme de médecine les accueillit avec le sourire en s'exclamant :

— Érasme[5] ! Votre visite me fait grand honneur !

Les deux adultes échangèrent quelques civilités car, visiblement, ils se connaissaient et s'appréciaient. Enfin, tout en fixant Pernelle, le dénommé Érasme rapporta la mésaventure dont il avait été témoin.

— J'ai en effet une médication pour toi, confirma Pierre Rosée.

Intriguée par le contenu des bocaux qui s'alignaient sur les étagères, la jeune visiteuse demanda :

— Qu'est-ce que c'est ?

— Ce sont des tumeurs ou des organes malades que l'on a retirés à des patients, commenta le savant.

Puis il lui remit une pochette :

— Tiens, voici le remède prescrit par maître Martin Bonnot. Ton père l'appliquera sur ses ulcères matin et soir jusqu'à guérison. S'il en manquait, repasse me voir...

Pernelle s'empourpra et s'excusa :

— Je vous avais apporté de l'eau, mais...

— Ne t'en fais pas pour ça. Ce sera pour plus tard.

Elle glissa le précieux paquet dans sa poche, remercia, salua et s'en fut, accompagnée de son défenseur occasionnel.

---

5. Le célèbre savant hollandais Érasme séjourna à Paris entre 1495 et 1499.

— Où vas-tu, jeune fille ?

— Remplir mes seaux.

— Alors nos chemins se sépareront au coin de la rue car je remonte au collège Montaigu...

— Montaigu ? s'étonna-t-elle. Mon ami de Florence y est étudiant depuis peu !

L'homme à la tenue austère demanda :

— Ah ! Et comment s'appelle ton ami ?

Pernelle hésita avant d'avouer :

— Je l'ignore...

Érasme rattrapa la maladresse avec grâce :

— Eh bien, à compter de ce jour, nous serons deux, au collège Montaigu, à nous enorgueillir de t'avoir pour amie ! Et toi, comment te nomme-t-on et où vis-tu ?

— Pernelle... J'habite dans la Vallée de misère.

— « Vallée de misère », quel triste nom ! commenta Érasme.

— C'est parce que l'endroit se trouve près d'un fort courant de la Seine et donc il est régulièrement inondé. De plus, à cause des moulins du pont aux Meuniers, ce passage est le plus difficile pour les bateaux et nombreux sont ceux qui s'y échouent lorsque les eaux sont tourmentées.

Le savant hocha la tête et lui sourit.

— Grâce à toi je me coucherai moins idiot ce soir... Au revoir jeune fille !

Et, sans rien ajouter ni attendre, il passa son chemin.

La fontaine à proximité de la cathédrale Notre-Dame étant assaillie de monde, il fallut bien de la patience à Pernelle pour remplir ses seaux. Puis la porteuse d'eau se remit dans la circulation des rues en poussant son cri :

— À l'eau ! À l'eau ! Qui veut de ma bonne eau ?

Pernelle marchait aux côtés de son frère. Ils longèrent la pierre à poissons, désertée en ce dimanche ; les chats errants léchaient les étals gardant la mémoire des odeurs, tandis que dans le caniveau des rats couraient entre les éviscérations traînant encore au pied des éventaires.

À peine plus âgé qu'elle, son frère dépassait Pernelle d'une bonne tête. Son teint mat était rehaussé par un regard curieux : la nature, en effet, avait doté le jeune homme de deux yeux de couleurs différentes : l'un était olivâtre et l'autre noir. Cette curiosité de la nature avait pesé sur Séraphin dès son plus jeune âge et le fait que les gens le dévisagent ou qu'on le moque avait fait de lui un être renfermé et timide ; sa maigreur, ses membres qui pendaient en breloques comme s'il avait trop vite grandi, n'ajoutaient rien à son manque d'assurance. Son visage pourtant était beau : une bouche charnue, un nez droit, la mâchoire bien dessinée.

Au détour d'une rue Pernelle aperçut *Firenze*, comme elle l'avait surnommé puisqu'elle ignorait son nom. Le jeune étudiant flânait, attentif à tout ce qui l'entourait. Chaque dimanche, le marché aux oiseaux transformait la Cité en volière géante : venus d'Allemagne, d'Espagne, d'Italie, de Suisse ou des provinces de France, les oiseleurs alignaient leurs cages du pont au Change jusqu'au pied de Notre-Dame, proposant oies, paons, cygnes, sansonnets, oiseaux exotiques, dans une cacophonie festive. En divers endroits, le quai exhibait lapins, petits rongeurs, faucons, mais aussi des porcs-épics depuis que l'animal était devenu le symbole héraldique du nouveau roi de France : Louis, le douzième du nom.

Pernelle fit signe au jeune homme et, après une vague hésitation, l'Italien s'approcha d'eux et la complimenta :

— Je ne t'aurais pas reconnue, dans cette jolie robe et les cheveux aussi soigneusement nattés.

Prise au dépourvu, Pernelle rosit de confusion. Elle présenta son frère et put enfin assouvir sa curiosité : le jeune Italien se prénommait Enzo, prénom qu'elle trouva beau et chantant.

Les trois jeunes gens s'accordèrent spontanément pour une promenade dans les rues animées.

— Parle-moi de là d'où tu viens, est-ce qu'un fleuve arrose ta ville ? questionna Pernelle.

— *Si*, on le nomme l'Arno, il traverse toute la Toscane en passant par Florence ; un pont, *il Ponte Vecchio*, l'enjambe.

« *Il Ponte Vecchio* »... Que les mots, prononcés en italien, étaient doux à l'oreille de la porteuse d'eau...

Séraphin prit le relais :

— Et ta famille ?

— Mon père est joaillier, ma mère le seconde et s'occupe des comptes.

Pernelle écarquilla les yeux, conquise par tant d'exotisme :

— Ta mère sait lire et faire des comptes ? s'exclama-t-elle enfin.

— Mais pourquoi avoir quitté ton pays et ton confort pour venir étudier à Paris ? demanda encore Séraphin, ignorant la remarque de sa sœur.

— Si l'on veut être un érudit complet, il faut venir parfaire ses connaissances à Paris.

Un souvenir récent revint en mémoire à Pernelle, qui intervint :

— À ce sujet, l'autre jour j'ai rencontré un savant qui, comme toi, étudie au collège Montaigu. Il se nomme Érasme.

— Érasme de Rotterdam, oui, je le connais bien, répondit Enzo.

Pernelle se demanda où se trouvait cette ville, ou ce pays, mais de peur de paraître ridicule, n'osa pas poser la question.

Un oiseleur ambulant, un filet jeté en baluchon sur l'épaule, s'arrêta à leur hauteur pour leur proposer sa marchandise piaillant : rouges-gorges, passereaux et mésanges charbonnières. Refusant aimablement, les jeunes gens poursuivirent leur virée dans les rues enjouées ; ayant rejoint leur point de départ, ils se séparèrent, enchantés de cette belle parenthèse.

Lorsque Séraphin et sa sœur entrèrent dans la cuisine, ils furent assaillis par un relent de chou vinaigré. Penchée au-dessus du chaudron, leur mère se redressa à leur arrivée et, du dos de la main, dégagea des mèches mouillées qui lui collaient au front.

— Tiens ! ordonna Richarde à l'attention de sa fille, tout en posant une écuelle sur le coin de la table.

La jeune fille s'en saisit et se dirigea vers la chambre où reposait son père ; Arsène était réveillé et expulsait une quinte de toux ; Pernelle posa l'écuelle sur un tabouret, s'assit au chevet du grabataire, posa sa main sur la sienne.

— Demain j'irai à l'école de médecine pour chercher d'autres onguents.

Son père lui sourit lamentablement ; une barbe entêtée noircissait ses joues et assombrissait son visage. De la cuisine parvenaient des bruits d'apprêts de table. Croisant le regard de sa fille, et après une douce pression de la main, Arsène la libéra.

Chapitre 3

L'horloge des heures

Pour rejoindre la fontaine des Saints-Innocents près du cimetière du même nom, Pernelle coupa par la rue de la Volaille où poulardes, poulets, chapons, emplissaient la rue de leurs caquètements joyeux ; Jean, le cossonnier[6], tirait une poule de l'une des cages d'osier pour satisfaire la demande d'une cliente. La porteuse d'eau les salua jovialement. Au débouché de la rue, elle s'approcha de la fontaine grouillant de monde en prenant soin de ne pas glisser sur l'abord fangeux.

— Tu veux que je t'aide ?

Elle tourna la tête et reconnut Rutebeuf, un jeune homme du quartier, à peine plus âgé que Séraphin. Petit, il avait essuyé les railleries sur

---

6. Nom relatif au métier de marchand de volaille vivante et d'œufs. La rue s'appelait d'ailleurs « rue de la Cossonnerie » car là étaient installés tous les volaillers ; on ignore l'étymologie du mot.

son visage de gargouille; mais à présent que son corps devenait adulte, que ses muscles se nouaient et que sa force était palpable, peu osaient se mesurer à lui.

Pernelle lui sourit, désemparée. Précédant la jeune fille, le jeune homme lâcha:

— Suis-moi!

Il leur fraya un chemin dans la cohue en jouant des coudes. Arrivé près du filet d'eau, Rutebeuf avança un bras, tira sans ménagement une matrone, puis se tourna vers Pernelle, l'attrapa par une manche et la tira jusqu'à lui faire toucher la margelle. On s'époumona autour d'eux mais rien n'y fit: quiconque osait s'en prendre au seau de sa jeune propriétaire ou à sa propre personne en était quitte pour un coup bien senti. Lorsque le récipient fut plein, Rutebeuf le souleva pour permettre à son amie de glisser le second sous le bec métallique, tout en faisant rempart de son corps.

Enfin, les deux jeunes gens purent s'extirper de la ruée; reconnaissante, Pernelle offrit à boire à son âpre protecteur, qui lui proposa de porter sa charge jusqu'au pont.

En passant dans le giron de son quartier, la jeune fille fut alertée par des éclats de voix.

— On dirait que ça vient de ta maison, constata Rutebeuf.

— Encore cette folle de Jeannerotte! s'exaspéra Pernelle.

Elle s'élança, le jeune homme à sa traîne.

Un attroupement de voisins et de badauds s'était formé en couronne devant leur perron. C'était effectivement Jeannerotte, qui affirmait à cor et à cri que depuis plusieurs jours elle ne pouvait plus dormir la nuit; que glacée d'épouvante au fond de son lit, elle entendait des bruits terrifiants provenant de la maison mitoyenne, à savoir celle de la famille de Pernelle.

— Ce n'est pas vrai! Tu mens! Détale d'ici ou je te jette un seau d'eau à la figure, au moins pour une fois seras-tu lavée! cria Pernelle, offensive, la main posée sur l'anse d'un seau.

— Tu ne peux pas entendre car tu dors sans doute trop profondément à cause des drogues de ta mère! Tu crois que je ne sens pas les odeurs infâmes qui se dégagent de chez vous? Ça passe par-dessous les portes, les fenêtres, ça suinte même par les murs, sûr que ce sont des potions maléfiques!

Richarde s'avança, menaçante:

— Il m'étonnerait que tu sentes quoi que ce soit, vu l'odeur infecte qui règne chez toi!

Rutebeuf, qui s'était emparé de l'un des seaux de l'attelage de Pernelle, en fit voler la nageoire et en jeta le contenu sur la voisine. Puis il fit de même avec le second, avant qu'elle ne soit revenue de sa surprise. Cette scène fit rire l'assemblée et Jeannerotte s'éloigna, dégoulinante, les cheveux comme une serpillière et l'invective aux lèvres.

Rutebeuf rit à gorge déployée, d'un rire gras qui n'appartenait qu'à lui. Sans perdre de temps, Richarde s'adressa à sa fille :

— Retourne à ton travail ; avec ton père malade, et avec sa paye en moins, chaque sou compte.

N'ayant d'autre choix, Pernelle regagna les berges de la Seine, accompagnée de Rutebeuf, encore tout heureux de commenter son acte de bravoure. Mais Pernelle n'avait pas le cœur à rire et s'en débarrassa fermement au détour d'une rue. Rutebeuf, qui avait un esprit simple, avait cela d'agréable : s'il fallait lui dire crûment les choses pour qu'il les comprenne, il ne se fâchait jamais et n'était nullement rancunier. Ainsi s'éloigna-t-il simplement en la saluant de la main et en riant encore de son exploit.

Pour refaire sa provision d'eau, Pernelle longea les berges, où régnait une extraordinaire activité : les lavandières s'installaient pour la lessive, maniant la parole avec autant de vigueur que leurs battoirs ; plus loin on vidait le ventre des bateaux de marchandises, on négociait, on vendait et l'on achetait sans répit et à grands cris. Au milieu de cette foule compacte circulait tout ce que la cité pouvait compter d'individus louches, cherchant partout quelque belle occasion. Il fallait aller en amont, tout à la pointe de la Cité, pour puiser de l'eau claire dans le fleuve ; là où la Seine arrivait à l'arrière de Notre-Dame, se divisait pour bercer la Cité entre ses deux bras et mieux la contempler, avant de se reformer et poursuivre son cheminement vers la mer.

Sa tâche accomplie, Pernelle quitta la berge, stabilisa à nouveau son attelage et s'élança :

— À l'eau ! À l'eau ! Qui veut de ma bonne eau ?

Pernelle traversa le grand pont qui, depuis que les bijoutiers et les banquiers l'avaient envahi, avait pris le nom de pont au Change ; comme celui de Notre-Dame, il était à ce point chargé de boutiques que, lorsqu'on l'empruntait, il était impossible d'apercevoir la Seine.

Arrivée à l'autre extrémité, la jeune fille jeta un coup d'œil à l'horloge de la tour du même nom. Les deux aiguilles étaient positionnées sur le IX. Elle faillit ne pas voir Enzo, qui la salua d'un ton jovial.

— Te serais-tu encore égaré ? demanda la porteuse d'eau.

Il rit, libérant une bouche aux dents bien alignées.

— *Ma* non... Je reviens de la rue des Arts[7]...

— Tu en as de la chance d'apprendre tant de choses ! Si je savais seulement lire et écrire...

---

7. Il ne s'agit pas d'arts au sens des « beaux-arts ». Au Moyen Âge, les matières savantes (médecine, droit, magistrature) étaient dites « Arts ». D'où le nom de cette rue, où se situaient les écoles.

Il imprima le mouvement et, ensemble, ils avancèrent côte à côte.

— Comment va ton père ? demanda le jeune homme.

Pernelle soupira :

— Pas vraiment bien : depuis que le docteur Bonnot est venu le voir à la maison, il y a deux semaines de cela, et malgré ses médications, la grenouille progresse inexorablement.

— Cela doit être dur à vivre pour vous, compatit Enzo.

— C'est surtout que l'argent vient à manquer ; certes, il y a moi, et puis Séraphin, et aussi ma mère qui prépare des potions pour le voisinage, mais cela n'y suffit pas !

Elle pila net :

— Si au moins je pouvais envisager un autre métier, pour plus tard...

Enzo, qui s'était également arrêté, la dévisagea avant de demander encore :

— Et quel métier aurais-tu aimé exercer ?

Le regard de Pernelle s'illumina à la seule évocation de son rêve fou :

— Je sais déjà identifier le A, le O, le N, le S... Et si j'arrivais à connaître toutes les lettres de l'alphabet, je pourrais être écrivain public par exemple, ou même libraire...

Enzo sourit, réfléchit, puis argua :

— Tu as de belles ambitions mais ce n'est pas si simple !

Elle lui jeta un regard glacial :

— Tu vas me dire comme tout le monde qu'il faut que je me marie et que je m'occupe de la maison et de mes marmots, hein, monsieur *Firenze-qui-sait-tout* ?

Il se défendit :

— Mais non, pas du tout ! Je veux dire qu'au-delà du déchiffrage des lettres de l'alphabet, il faut comprendre le sens des phrases que tu lis…

Elle se tut, riva subitement les yeux à ses chaussures avant de relever sur lui un visage défait. Elle allait reprendre sa marche encombrée lorsqu'il ajouta :

— Si tu veux, je peux t'apprendre.

Un temps d'hésitation, et Pernelle le vrilla d'un regard étréci, demandant d'une voix espiègle :

— Et que demandes-tu en échange ? Car tu sais que je n'ai pas d'argent !

Il se mit à rire, sincèrement amusé :

— Mais rien ! Je te propose simplement de t'apprendre à lire, en toute amitié. Que dirais-tu d'une nouvelle lettre de l'alphabet chaque jour pour commencer ?

Elle posa la main sur la poche de son tablier, là où elle conservait le papier gras contenant quelques lignes écrites ; elle s'apprêtait à le sortir lorsque Enzo lui précisa :

— Non, pas comme ça ! Passe au collège Montaigu avant six heures demain matin.

Elle le laissa s'échapper, incrédule ; puis elle releva les yeux sur la tour de l'Horloge, regarda posément le texte latin inscrit sous le cadran sans pouvoir rien déchiffrer sinon reconnaître les S, les A, les N, et les O.

Elle s'élança, animée d'une fougue nouvelle à l'idée que bientôt elle toucherait son rêve du doigt : savoir écrire son nom.

— À l'eau ! À l'eau ! Qui veut de ma bonne eau ?

Pernelle longea la pierre à poissons proche du petit pont ; là, les viviers étaient aménagés dans le fleuve pour permettre au fruit de la marée de rester vivant et frais jusqu'au moment de la vente. Les poissardes[8] ambulantes allaient par les rues, encombrées de bassines remplies d'eau et de poisson frétillant, criant la marée du jour ; de toutes, la Mariotte était la plus réputée : sa corpulence lui permettait de marcher toute la journée avec sa charge, sans répit, comme un homme, alors que certains, plus fragiles, posaient bien souvent le bac qui leur brisait les épaules et les reins ; la voix de la Mariotte couvrait celle des autres crieurs par sa puissance, mais aussi par sa gouaille, très colorée, qui en avaient fait l'une des figures de la Cité.

Pernelle emprunta la rue de la Bûcherie, respirant à pleins poumons les effluves de résine qui s'échappaient des ateliers : charpentiers,

---

8. Femmes des poissonniers.

vendeurs de bois au détail, mesureurs, artisans ou fabricants de vaisselle ou de mobilier, tout ce qui concernait le métier du bois s'étalait dans la rue à l'ombre des enseignes prometteuses : « Au couperet agile », « La bonne bûche » ou « La hache qui sautille ».

La cour de l'école de médecine était déserte, sans doute les étudiants étaient-ils confinés dans quelque salle à s'enrichir du savoir d'un maître. Discrètement, la jeune fille alla vider le contenu de ses deux seaux dans les cruchons appartenant à maître Pierre Rosée, après quoi elle alla chercher le remède pour son père et revint sur ses pas.

Ses seaux remplis, Pernelle traversa la Seine, flâna au passage devant les ateliers des imprimeurs et des libraires du pont Notre-Dame. Ici, inutile de venir proposer son eau car les commis allaient et venaient pour le propre compte de leurs employeurs ; elle admira les manuscrits sur leurs présentoirs, se réjouit à l'idée que, bientôt, elle aussi saurait lire...

Parvenue chez elle, la jeune fille posa son attelage dans un renfoncement derrière la porte, se massa les épaules, si durement meurtries par la charge, puis dévida le contenu d'un seau dans la puisette.

Sa mère était debout devant la table et pilait les plantes séchées qui serviraient à la préparation de divers remèdes. Pernelle s'approcha, vida sa poche des pièces qu'elle avait gagnées durant la journée, les compta à voix haute puis les mit dans un pot.

— Occupe-toi du couvert ! ordonna machinalement Richarde en débarrassant la table des pots et des flacons qui l'encombraient.

Lorsque Séraphin rentra du travail, il aida leur père à se déplacer jusqu'à la table, où la mère déposa la marmite.

Immanquablement, on revint sur l'incident du matin et on le commenta ; pour finir, Pernelle annonça prendre sa première leçon de lecture le lendemain.

— Tu feras comme les gens de notre condition : tu te marieras avec un brave homme et tu t'occuperas de tes enfants, il y aura déjà assez à faire… coupa la mère, comme une fatalité, en rompant le pain.

Personne ne commenta davantage l'événement, comme si les propos de Richarde avaient résumé la réalité des choses.

Pernelle dormait depuis peu lorsqu'un grand bruit la réveilla : un caillou avait traversé le carreau de toile de la cuisine. Un autre suivit, accompagné de cris :

— Sois maudite, la Richarde, tu portes le malheur ; j'arrive plus à dormir, j'ai plus de lait et mon bébé pleure à s'en égosiller.

Reconnaissant la voix de Jeannerotte, Séraphin se leva et ouvrit le battant de bois :

— Espèce de folle, va donc te coucher et laisse-nous dormir !

Mais l'autre ne l'entendait pas de cette oreille et continua à jeter des pierres sur la fenêtre.

Des chandelles éclairèrent la nuit, des croisées s'ouvrirent, les voisins se mêlant à l'affaire. La folle s'en prit alors à tout le voisinage et il eût fallu être sourd pour ne pas avoir été réveillé par tout ce chahut. En colère d'avoir été dérangée dans son sommeil, une voisine jeta à la tête de Jeannerotte le contenu d'un pot de chambre.

— Tiens ! Ça t'aidera peut-être à dormir maintenant !

Encore quelques cris et quelques insultes et la femme s'en alla en maudissant les uns et les autres sur son passage. La rue retrouva son calme, les voisins soufflèrent les bougies et le silence reprit possession des lieux.

※

Bien toilettée, Pernelle fut debout avant l'aube. Son attelage sur les épaules, elle se hâta. Les boutiques ouvraient leurs battants, les odeurs dormaient encore ; les oyers préparaient leurs broches, les poissonniers installaient leurs éventaires, les crieurs des étuves annonçaient l'ouverture des bains publics : moment fragile, empli de grâce, d'une cité qui s'éveille dans les premières lueurs du jour.

Pernelle traversa les ponts et gravit la montagne Sainte-Geneviève. Près de l'église du même nom, le collège Montaigu s'adossait contre le rempart qui ceinturait Paris.

La jeune fille, qui franchissait pour la première fois la porte charretière de l'entrée, fut saisie par son austérité : les étudiants, surnommés « capets » en raison de la cape fermée qui leur tenait lieu d'uniforme, traversaient la cour rectangulaire dans un silence studieux, au point qu'on se serait cru dans un monastère.

Pernelle hésita, puis héla l'un d'eux car elle ne voyait pas son ami.

— Enzo ? Est-ce un « camériste » ou une « galoche » ? demanda-t-il naturellement.

Elle haussa les épaules et répondit, tout étonnée :

— C'est quoi, ça ?

Mais les étudiants, visiblement pressés, la laissèrent à son interrogation.

Intimidée elle attendit, son attelage à ses pieds. Elle reconnut Érasme, qu'elle avait rencontré à l'école de médecine, le salua poliment ; mais lui, sans doute absorbé par quelque raisonnement intérieur, ne lui adressa qu'un signe évasif de la main. Finalement Enzo apparut et, discrètement, invita la jeune fille à le rejoindre. Il la précéda jusqu'à une remise où s'entassait du mobilier scolaire ; il avait pris soin d'installer pour eux une table et un banc.

— On m'a demandé si tu étais camériste... je croyais que tu étais étudiant ? demanda Pernelle en s'asseyant.

Enzo rit et expliqua :

— Les étudiants, dont je fais partie, sont divisés en deux catégories : les « galoches », les plus pauvres, qui font des travaux domestiques ici et là pour survivre et financer leurs études, et les « caméristes », plus aisés, qui ont de quoi payer leur chambre.

Elle hocha la tête, silencieuse, se doutant qu'avec un père bijoutier le jeune homme était camériste.

Enzo ouvrit un recueil, comme ceux qu'elle admirait chaque jour sur les étals des libraires du pont Notre-Dame.

— C'est un abécédaire de latin, la langue universelle du savoir. Tu ne pourras pas l'emporter chez toi, précisa-t-il.

— Oh ! Je n'y aurais même jamais songé ! se défendit-elle.

Puis il sortit une ardoise, cernée d'un cadre de bois. Pernelle lui jeta un regard intimidé.

— Tu vas apprendre à lire les lettres, mais aussi à les écrire avec ce crayon d'ardoise. Comme sur une tablette de cire, on y fait ses exercices, puis on efface. Ça permet d'économiser le papier.

Elle se pencha, étourdie, prit la mine entre les mains.

Il s'installa près d'elle, livre ouvert, et commença sa leçon. Elle identifia le A, qu'il lui fit écrire en lettre minuscule, en capitale romaine et en gothique.

— Tu dois apprendre à reconnaître chaque lettre sous ses différentes formes calligraphiées, compléta-t-il.

Les deux visages se penchèrent sur l'abécédaire, unis dans une même concentration, dans un même souffle lent et posé.

La cloche arracha Pernelle à son tracé appliqué : Enzo, qui devait se rendre à son cours, lui donna rendez-vous le lendemain à la même heure. La leçon avait à peine duré une demi-heure mais pour Pernelle, une porte s'était ouverte sur un monde nouveau.

Revenue à l'effervescence de la rue, elle mit un temps à réaliser ce qui venait de se produire. Au souvenir de cet instant passé, magique, l'ivresse envahit la jeune fille : elle avait envie de bondir par les sentiers, de crier, ne sachant comment contenir son trop-plein d'émotions fulgurantes ; filant à toute hâte avec son attelage, elle gagna la fontaine du pont Notre-Dame, où elle dut batailler au corps à corps pour remplir ses seaux. Puis elle s'élança, le cœur gonflé d'une force nouvelle.

— À l'eau ! À l'eau ! Qui veut de ma bonne eau ?

Dans son cri familier, si souvent répété, et pour la première fois, elle identifia tous les A prononcés. Elle en compta trois.

Lorsqu'elle arriva au grand Châtelet pour pourvoir les magistrats en eau, l'audience avait commencé. Elle se hâta, contrariée par son retard.

Ce jour, maître Chassanée plaidait la cause d'un porc, coupable d'avoir dévoré le bras d'un enfant dans son berceau. Les parents du nourrisson, éplorés, se tenaient sur le banc de droite, le propriétaire de l'animal sur celui de gauche et, à côté de lui, à la barre et maintenu par une laisse, le pourceau accusé, ridicule dans les vêtements d'audience obligatoires dont on l'avait affublé : jupe, veston rouge, coiffe et chaussures. La bête poussait ses grognements en tentant de se libérer du harnachement gênant.

— Maître Chassanée, avec vos belles paroles vous feriez absoudre les coupables et condamner les innocents ! ironisa le juge.

Le magistrat fit signe à la jeune fille :

— Tu es en retard mais viens, approche ! Entendre maître Chassanée faire voler des coquecigrues m'a donné soif !

Puis, à l'attention de l'intéressé :

— Poursuivez, maître, poursuivez !

Pernelle ayant rempli les timbales des juges, le magistrat principal but à longs traits.

— Ah, elle est bien fraîche dis-moi ! Sers-m'en encore !

Agacé par cette digression bien appuyée, maître Chassanée suspendit sa plaidoirie, se racla la gorge avant d'élever la voix :

— Comme je le disais, messieurs les juges, je demande l'acquittement de ma cliente, *Madame Truie*, ici présente. Cette pauvre bête, qui vit à la campagne, n'a reçu aucune instruction. On ne lui a pas non plus enseigné les Saintes Écritures et par conséquent elle ne peut discerner le bien du mal. Ma cliente ne peut donc être déclarée coupable ! De plus, ayant mis bas une portée de six pourceaux, la pauvre mère qu'elle est doit bien s'alimenter pour nourrir ses petits ! N'est-ce pas là aussi son devoir de bonne chrétienne ?

Le juge sonna la cloche en guise de menace :

— Vous vous égarez, maître, vous vous égarez ! Comment votre cliente pourrait-elle être une bonne chrétienne là où vous dites qu'on ne lui a pas enseigné les Écritures ?

Un autre juge chuchota son avis à l'oreille du premier, les magistrats parlementèrent quelques instants entre eux avant que le juge principal reprenne la parole :

— Accusés, debout.

Le propriétaire de l'animal se leva ; il tournait son bonnet entre ses mains comme s'il ne savait par quel bout le manger tandis que le porc, à ses côtés, ronchonnait sans retenue en promenant son groin sur le sol. Debout près de son client, maître Chassanée écouta la sentence :

« La Cour ordonne : pour avoir dévoré le bras d'un nouveau-né, qui sera estropié à vie, ladite *Madame Truie* sera publiquement exécutée près du cimetière des Saints-Innocents, puis jetée aux chiens. Son propriétaire, Jacques Lousinot, qui comparait devant nous, devra s'acquitter des frais de justice, de geôle, de bourreau. Pour ne pas empêcher votre *cliente* d'assurer son rôle de bonne mère — car vous seriez capable, maître, avec votre esprit retors, de porter plainte contre la Cour au motif de maltraitance contre six orphelins —, nous condamnons votre cliente, *Madame Truie*, à nourrir ses petits jusqu'à ce qu'ils soient en âge d'être retirés de ses mamelles ; après quoi, quatre d'entre eux seront donnés en compensation du préjudice subi à Juliotte et Martin Bourrel, les plaignants, ici présents. Ayant accompli son devoir de bonne mère, *sinon de bonne chrétienne*, l'accusée sera pendue sur la place publique à une date que nous déciderons ultérieurement. »

Le juge se tourna vers les parents, qui approuvèrent d'un signe de tête.

Un nouveau coup de cloche et le procès fut clos. Tandis que la foule se délitait, maître Chassanée se dirigea vers le notaire. Fixant l'avocat, fort réputé d'ailleurs, Pernelle demanda :

— Maître, où allez-vous chercher tous vos raisonnements de plaidoirie ? Car si je vous écoute régulièrement défendre la cause des animaux, je suis chaque fois surprise par votre esprit... tortueux.

Elle avait hésité avant de lâcher ce dernier mot, que les juges utilisaient pour qualifier les arguments de l'avocat des rats.

Maître Chassanée lui sourit malicieusement :

— D'un côté il y a la loi, figée, et de l'autre il y a les mots. Je ne fais que jongler avec les deux...

Ramassant l'acte de jugement dûment signé, l'avocat des rats s'éloigna. Après que l'huissier lui eut payé son dû pour l'eau, Pernelle quitta le Palais de Justice, sous les grognements de la truie, que son propriétaire vaincu débarrassait des vêtements d'audience. Le souvenir de la tirade de maître Chassanée lui arracha un rire. Puis la jeune fille se laissa happer par l'animation de la rue.

— À l'eau ! À l'eau ! Qui veut de ma bonne eau ?

La journée ne rampa que trop lentement jusqu'au crépuscule. À chaque coin de rue, à chaque pause, Pernelle sortait le feuillet de sa poche et l'étudiait. Lorsque les carillons des églises se relayèrent pour sonner les vêpres, elle longea la Bièvre, qui coulait jusqu'à la Seine, puis traversa le pont. Sur les étals des échoppes des boutiquiers elle identifia la lettre A et récita : « Arbre, arche, âne, année... À l'eau, à l'eau, qui veut de ma bonne eau... »

En fin de tournée, gagnant le giron de l'île Maquerelle, la jeune fille attendit son frère. Elle suivit le lent cheminement du dernier bac, qui faisait la traversée au gré de la poulie et des câbles et ramenait les travailleurs sur la berge.

Séraphin se chargea de l'attelage et, ensemble, frère et sœur allèrent remplir les seaux pour la réserve de nuit, le jeune homme laissant Pernelle lui raconter l'ébahissement de sa première leçon d'écriture. Puis ils regagnèrent leur logis.

Tandis qu'elle remplissait la puisette et que son frère se lavait, la mère mit le couvert ; puis ils aidèrent le père à venir s'installer à la table. Arsène n'était pas dans un bel état, mais le docteur Pierre Rosée leur avait conseillé de faire lever le malade au moins pour les repas, faute de quoi l'infection lui plomberait les pieds. À voix feutrée pour ne pas le fatiguer davantage, et pour le distraire un peu, Pernelle et Séraphin racontaient chaque soir à leur père les anecdotes et les ragots glanés ici ou là durant la journée. Ce soir, Pernelle relata par le détail comment elle avait tracé sa première lettre de l'alphabet, avec un éblouissement tel qu'il conquit ses auditeurs...

Chapitre 4

La danse macabre

Juillet installait progressivement ses beaux jours, une aubaine pour Pernelle car plus il faisait chaud plus les gens avaient soif!

Penchée à son pupitre, manuel de lecture bien à plat devant elle, la jeune fille s'appliquait à sa révision en attendant l'arrivée d'Enzo.

« Une barque… une clé… une journée… »

Enzo entra, salua brièvement, se dirigea vers la petite lucarne de leur salle de cours et l'ouvrit pour laisser entrer un filet d'air frais.

Sa lecture achevée, Pernelle releva la tête vers son professeur et lui lança :

— J'ai compté hier le nombre de journées où je suis venue ici le matin pour prendre mes leçons ! Il y en a trente-quatre !

Son ami s'approcha de la table pour s'installer à ses côtés ; alors seulement Pernelle remarqua ses yeux cernés et ses traits tirés.

— Tu as passé une mauvaise nuit ?

Il secoua la tête et lâcha d'une voix caverneuse :

— Reprends ta lecture à voix haute !

Pernelle dévisagea son ami. À force de le côtoyer, elle avait appris que les étudiants de Montaigu — qu'ils soient galoches ou caméristes — étaient soumis à une autorité si dure, à des travaux si pénibles, à de telles abstinences que plusieurs d'entre eux, les plus fragiles, ne le supportaient pas. Elle savait qu'au cœur de l'hiver, et sans chauffage, les étudiants n'étaient nourris que de pain et d'eau du puits, pourtant corrompue. Les chambres exiguës, au plâtre moisi et qu'empestait le voisinage des latrines, étaient insalubres et nombre d'élèves y contractaient de graves maladies.

Elle posa son index sur la ligne à lire, hésita, puis releva la tête vers Enzo.

— Es-tu certain que tu ne veux pas remettre notre leçon ? hasarda-t-elle.

Quelqu'un entra, qui les fit sursauter : c'était Érasme. Pernelle fit un mouvement pour se lever mais Enzo, qui l'avait devancée, lui souffla l'espace libre. Après leur avoir fait signe de se rasseoir, le Hollandais se mit à tousser avant de s'approcher de la table ; il tourna une page de l'abécédaire. Pernelle crut bon de se justifier :

— J'apprends à lire et à écrire.

L'homme hocha la tête puis, s'approchant d'Enzo, il lui tendit un objet emballé dans un linge :

— Tiens, pour toi. Je sais que tu en as été privé ce matin.

Il prit congé aussi discrètement qu'il s'était inséré dans leur petite réunion.

Enzo défit les pans de la serviette, qui laissa apparaître une tranche de pain.

— On partage ? proposa-t-il.

Touchée, la jeune fille refusa. Mais, mise en confiance, et s'en remettant à l'humanité de son compagnon, elle lui raconta comment elle-même et sa famille vivaient de privations depuis que la grenouille minait son père.

Une cloche sonna et Enzo se leva, presque à regret.

— Je suis désolé pour mon retard de ce matin et pour notre leçon ratée, mais c'est l'heure de mon cours de sciences naturelles...

Elle approuva et le laissa s'échapper. À son tour, elle se mit en route pour aller s'acquitter de sa journée de travail.

Descendant par la rue de la Montagne-Sainte-Geneviève, Pernelle s'arrêta à l'école de médecine. Timidement, elle monta les marches et alla frapper à la porte de Pierre Rosée.

Le savant la salua et lui demanda des nouvelles de son père.

— Il est presque tout le temps en train de dormir, admit-elle.

L'homme délaissa ses poudres, remit son bouchon de liège à un bocal et s'approcha d'elle, lui posant une main amicale sur l'épaule.

— Est-il allé à la confrérie de Saint-Côme et Saint-Damien ? Tu sais que des chirurgiens à robe longue[9] y dispensent des soins gratuits et opèrent les malades si nécessaire.

— Oui, mais ils ne consultent que les premiers lundis de chaque mois et la file d'attente est trop longue ! Mon père n'a pas la force de rester debout durant autant d'heures.

Pierre Rosée s'éclipsa, et revint quelques instants plus tard avec un petit sac qu'il mit entre les mains de sa visiteuse.

— Dis-lui de prendre cette médication.

— J'irai la faire bénir.

Le médecin soupira d'exaspération :

— Si tu veux ! Mais surtout, et c'est le plus important, tente de convaincre ton père d'aller à la confrérie de Saint-Côme et Saint-Damien.

La jeune fille promit et s'en fut. Elle traversa le pont Notre-Dame et se dirigea vers la Vallée de misère. Elle arrivait devant la pierre à poissons du Châtelet, salivant devant les impressionnantes tranches de lard de baleine, lorsque son frère

---

9. Les chirurgiens à robe longue (docteurs en médecine) se différenciaient des chirurgiens à robe courte (barbiers qui pratiquaient quelques incisions d'abcès ou recousaient des menues plaies).

apparut, haletant, le visage défait par les larmes. Il tira sa sœur sans retenue et, d'instinct, elle comprit que, si Séraphin était à la maison alors qu'il devait être sur l'île Maquerelle, à déchirer des nefs, c'est que le pire était survenu !

Ils enjambèrent un égout, traversèrent la petite place et se ruèrent jusqu'à leur entrée ; deux voisines attristées, qui sortaient de leur maison, les saluèrent d'une voix endeuillée.

Pernelle flancha, ralentit son pas, puis entra à la traîne de son frère, qui n'avait pas décoché un mot durant leur course. La porte de la chambre des parents, grande ouverte comme une bouche, semblait lui indiquer que c'était là qu'il lui faudrait affronter l'irréparable ; elle s'y dirigea machinalement. Arsène avait cessé de tousser ; il dormait paisiblement, les mains fermées sur un chapelet. Leur mère, effondrée, pleurait sur le bord du lit ; des relents de caniveau, arrivant de l'extérieur, se mêlaient à ceux des ulcérations en pourriture, tenaces et nauséeuses.

Pernelle se sentit terriblement coupable : son père était malade depuis plusieurs semaines et elle n'avait eu la tête qu'à ses leçons avec Enzo. Certes elle aidait toujours autant sa mère, le soir, certes elle allait voir son père en rentrant de sa journée, mais son seul souci avait été de se ménager un peu de temps pour sortir le précieux papier de sa poche et réviser sa leçon du jour. Elle se jeta sur le lit, prit la main d'Arsène et sanglota :

— Pardon, pardon mon petit papa !

Richarde renifla, se redressa, posa la main sur l'épaule de sa fille avec pudeur :

— Pourquoi demandes-tu pardon ?

— Parce que je l'ai négligé ! Les jours passant, une espèce d'habitude s'était installée, comme si je pensais qu'avec le temps il finirait par guérir...

— Tu n'as pas à lui demander pardon car il n'y a rien à te pardonner... Personne n'est responsable, sinon la maladie qui a eu raison de lui !

Richarde caressa les cheveux de sa fille tendrement, avant de murmurer, la voix émue :

— Va te laver et change-toi !

Les voisins se relayèrent pour s'asseoir au pied du lit, veiller le mort ; les entendant égrener des prières dans un murmure collectif, Pernelle se conforta dans sa décision : demain elle ne se rendrait pas à sa leçon, et plus jamais d'ailleurs. Elle resterait près de sa mère, tant qu'elle le pourrait, pour se racheter d'avoir abandonné son père.

L'heure était venue de conduire Arsène à sa dernière demeure. Deux voisins cousirent le linceul, posèrent le corps sur une claie, puis le triste cortège s'ébranla.

À l'issue de la messe, on gagna le cimetière des Saints-Innocents. Les femmes, autour de la fontaine, continuaient à batailler leur place à grands renforts d'insultes alors que pour d'autres le monde s'était arrêté de tourner, tel un cœur qui s'arrête de battre.

La dépouille d'Arsène fut déposée dans la fosse commune au milieu de tous ceux qui, comme lui, n'avaient pas les moyens de s'offrir une sépulture privée.

Rutebeuf, qui se tenait derrière Pernelle telle une ombre, attendit l'issue de la cérémonie pour disparaître pudiquement.

Richarde essuya ses yeux rougis d'avoir trop pleuré et, s'adressant à ses enfants, elle murmura sur un ton défait :

— Allez donc faire un tour !

Les jeunes gens s'éloignèrent. Silencieusement, ils traversèrent la place de la Misère qui, comme chaque mercredi et chaque samedi matin, était égayée par le marché aux fleurs. Sans s'être consultés, frère et sœur s'engagèrent sur le pont aux Meuniers et s'agrippèrent à la rampe. Pernelle ferma les yeux, ivre de douleur, et s'abandonna aux tressautements de la roue du moulin qui, lorsqu'elle était contrée dans sa rotation par quelque amas de farine, sortait un peu de son axe, chuintait en s'élevant puis retombait brusquement et avec fracas. La jeune fille se laissait envahir par l'onde de choc comme un rappel à la vie...

— Tu es l'homme de la famille à présent et tu dois veiller sur nous.

Son frère lui jeta un regard étourdi.

— Je sais tout ça ; mais que veux-tu que je fasse ?

— Moi porteuse d'eau, toi déchireur de nefs, maman préparant des potions pour le voisinage... comment va-t-on subvenir à nos besoins ? Je ne veux pas que tu finisses comme papa à pourrir dans l'eau... Fais comme moi : apprends à lire et à écrire, et puis un jour nous gagnerons peut-être plus qu'un salaire de misère.

Séraphin lui répondit piteusement :

— Qui t'a mis en tête qu'un jour nous sortirons de notre condition ?

Ils se déportèrent pour laisser le passage à une bête de somme chargée de sacs de farine.

— Je pense, moi, que si on rêve assez fort d'une chose, alors elle peut se réaliser.

Séraphin se gratta l'avant-bras.

— Et où veux-tu que j'apprenne à lire ? Je travaille de l'aube au coucher du soleil et nous n'avons pas l'argent pour ces choses.

— Enzo m'apprend, alors je peux t'apprendre...

Son frère la harponna d'un regard perplexe avant de lâcher, peu convaincu :

— Viens, rentrons.

Pernelle n'objecta pas et, sans un mot, ils rebroussèrent chemin.

Le repas se déroula dans un silence pesant, entrecoupé de quelques banalités. À une ou deux reprises, par habitude, Richarde lâcha « votre père... », début de phrase brusquement censuré par un sanglot ; de temps à autre même, un bruit, une voix venue de l'extérieur leur faisaient machinalement tourner la tête en direction de la porte de la chambre, comme s'ils s'attendaient à en voir sortir Arsène.

— Tu retourneras à ta leçon avec Enzo, demain ? demanda Richarde sur un ton feutré.

— Non, je vais rester avec toi et Séraphin.

La mère lui enserra la main avec douceur.

— Finalement j'étais heureuse, et ton père aussi était fier de savoir que l'un de nous apprenait à lire les mots. Tu as cette chance inespérée, alors ne la gâche pas. Accomplis ce qui n'a pas été à notre portée.

Voyant les larmes ennoyer les yeux de sa mère, Pernelle fondit. On ne lui avait jamais fait aucune remarque ni dans un sens ni dans l'autre depuis qu'elle prenait ses leçons. Une ou deux fois, certes, on l'avait réprimandée parce qu'elle s'était mise en retard ou parce qu'elle en avait négligé ses corvées domestiques à force de trop se concentrer sur sa feuille. Mais jamais personne ne lui avait dit qu'on était fier d'elle.

De manière inattendue Séraphin s'invita dans la conversation :

— J'aimerais, moi aussi, connaître les mots, et Pernelle serait d'accord pour m'apprendre.

Leur mère joignit ses doigts à la racine du nez avant de les faire glisser le long de ses cernes pour essuyer ses larmes. Elle sourit.

— Je trouve que c'est une très bonne idée !

Pernelle jeta un regard soulagé à son frère avant de répondre :

— Alors je vais continuer pour toi, et aussi pour papa.

Des coups à la porte les firent sursauter : le rocailleux Rutebeuf venait prendre des nouvelles. Pernelle se demanda par quelle ironie du sort on avait donné à cet être contrefait, aux mains larges comme des spatules, le prénom d'un poète[10]. En tout cas, sa présence fut prisée autant qu'il apprécia une part de tourte.

À l'issue du repas, Pernelle s'approcha de son attelage.

— Aujourd'hui ton père a été mis en terre alors laisse, tu travailleras demain, lui opposa sa mère.

Ouvrant la porte du garde-manger, elle en sortit un morceau de pain et de lard déposés par une voisine, qu'elle enveloppa dans un linge.

— Tiens ! Pour une fois que nous en avons assez ! Apporte ça à ton ami italien.

Reconnaissante, Pernelle s'en fut avec son paquet en mains ; elle s'engagea dans l'écheveau des rues et passa par le petit pont pour remonter jusqu'au collège Montaigu, où elle attendit patiemment la fin du cours d'Enzo.

Le jeune homme s'étonna de la trouver là.

— Tu n'es pas venue depuis deux jours…

---

10. Rutebeuf est l'un des plus grands poètes du Moyen Âge.

— Mon père est mort, il a été enterré ce matin, coupa-t-elle sur un ton chagrin.

— J'en suis sincèrement désolé, répondit son ami.

Elle lui remit le paquet, dont il libéra un pan. Gêné, il la remercia avant de préciser :

— Si tu veux bien, je le partagerai avec un ami « galoche » qui peine à subvenir à ses besoins les plus élémentaires.

Elle acquiesça.

Il l'invita à s'asseoir sur un muret recouvert d'une confortable couche de lierre. Elle soupira :

— Je me demandais aujourd'hui à quoi ça sert de savoir lire et écrire, d'apprendre tout ce que tu apprends, puisque de toute manière, on doit mourir ?

Enzo garda le silence un long moment avant de livrer sa réponse :

— Tout le monde, bien sûr, doit mourir, et notre premier pas dans la vie est de fait le premier pas vers la mort. Mais est-ce une raison pour attendre ce jour sans rien faire, en s'interdisant d'aimer, de progresser, de se surpasser ? L'homme ne peut pas vivre que de pain en attendant la fosse !

— Regarde ma vie ! J'ai l'impression de jeter des pierres contre le vent. Avant, nous subsistions avec peine, mais à présent que le père est mort, comment allons-nous survivre ? gémit-elle douloureusement.

Elle laissa son regard se perdre sur la façade de l'église voisine.

D'une douce pression de la main, Enzo ramena le visage de son amie pour l'avoir face au sien.

— Imagine la vie comme... comme... comme une partition! La musique serait-elle digne d'intérêt si l'on ne jouait que des notes identiques?

Pernelle haussa les épaules, s'essuya le nez du revers de la main. Son compagnon reprit :

— Une mélodie n'est musique que parce qu'elle est composée avec des notes différentes, une alternance de sons doux, de sons forts, ainsi que des silences qui, se liant et se succédant, forment une harmonieuse unité. De même, si notre vie ne se résumait qu'à des choses heureuses, comme un son identique répété à l'infini, à quoi ressemblerait la musique de notre vie?

— Tu peux parler, toi! Fils de notable...

Il l'interrompit aussi brusquement qu'elle venait de le faire.

— Fils de notable, peut-être. Mais alors que j'aurais pu opter pour la facilité et rester dans mon pays à y être choyé, j'ai choisi de me déraciner pour parfaire mes études en France, dans ce collège parce qu'il est réputé pour son enseignement, au prix de mille restrictions dont tu n'as aucune idée!

Surprise par la verdeur du ton, Pernelle en resta coite. De fait, c'était la première fois qu'Enzo s'exprimait aussi abruptement. Le jeune homme planta ses yeux noirs dans les siens avant de pour-suivre, sur un ton radouci :

— Et sais-tu pourquoi ? Parce que ça en vaut la peine ! Certes on peut s'asseoir au pied de la montagne et pleurer sur son triste sort, mais on peut aussi lever la tête et se dire : « Là, je suis au plus bas, donc je ne peux que m'élever. » Alors je t'en prie, sèche tes larmes et accomplis ton deuil mais ne laisse pas mourir ton cœur ; relève-toi, progresse, et ta vie n'en sera que meilleure... Je ne te propose rien de moins que de gravir la mon-tagne avec moi !

— La montagne Sainte-Geneviève ? questionna-t-elle, étonnée.

Enzo prit la main de son amie et, toujours en la fixant, expliqua :

— Non, je te parle d'une montagne magique ; à mesure qu'on la gravit, on respire mieux, on se sent plus fort, plus sûr de soi ; et plus on monte, et plus on a envie d'aller encore plus haut. Car plus tu vas vers son sommet, mieux tu peux voir les paysages qui s'étendent jusqu'à l'horizon, grandioses, et qui te rendent heureux comme rien au monde ne pourrait le faire sinon l'amour.

Il se tut, presque gêné de s'être ainsi laissé emporter par ses pensées secrètes.

Elle le fixa sans mot dire. Il n'avait pas lâché sa main et elle sentait une chaleur moite l'envahir. Elle se dégagea de l'étreinte.

— Je dois rentrer...

Elle se leva et il proposa de l'accompagner. Ils marchèrent en silence jusqu'au pont Notre-Dame, là où leurs chemins se séparaient.

— Je compte sur toi pour ta leçon, demain ? demanda-t-il.

Elle sourit tristement.

— Je vais apprendre à mon frère tout ce que tu m'apprends.

Puis, après réflexion :

— Comment s'appelle cette montagne dont tu viens de me parler ? Et dans quel pays se trouve-t-elle ?

— C'est la montagne du savoir, elle est dans le cœur de chaque homme qui a envie d'apprendre... répondit-il.

Il se fit plus souriant et annonça :

— Demain, j'aurai une surprise pour toi !

Piquée par la curiosité, elle voulut savoir. Mais il la nargua :

— Si je te le dis, ce n'est plus une surprise ! Pour le savoir il faudra que tu viennes !

Les jeunes gens se séparèrent.

En l'absence de sa fille, Richarde avait lessivé la maison ; le bois était encore humide et dégageait une odeur de frais. Pernelle jeta un coup d'œil à la porte de la chambre et, oppressé par le silence, son cœur se déchira. La jeune fille réalisa alors pleinement que plus jamais son père n'en sortirait ; plus jamais elle ne l'entendrait tousser, plus jamais elle ne verrait son front las. Une page se tournait dans leur vie…

La perspective d'une surprise l'ayant taraudée toute la soirée précédente, Pernelle remonta jusqu'au collège Montaigu avec fièvre. Enzo arriva avec son cruchon vide, qu'elle se mit en devoir de remplir ; c'est ainsi qu'ils en étaient convenus : elle payait sa leçon par une provision d'eau de source, celle du puits provoquant des maladies d'intestins.

Le jeune homme posa un paquet sur la table, qu'elle fixa avec curiosité avant d'avancer timidement la main pour défaire le linge molletonné. Une tablette d'ardoise ainsi que son crayon, tels que ceux qu'Enzo lui prêtait d'ordinaire pour la leçon, apparurent.

La jeune élève jeta à son ami un regard interrogateur.

— Tu vois ? À présent tu vas pouvoir t'exercer chez toi à ta guise et faire profiter de tes leçons à ton frère.

Ce disant il posa un second objet sur la table : un livre de lecture.

Il prévint :

— En revanche, le manuel restera ici.

Émue, la jeune fille s'installa devant l'objet qui, à présent, était sa propriété.

— J'ai tellement soif d'apprendre, et je me sens tellement ignorante !

— Caton, un politicien romain, a dit : « La vie de l'homme est comparable au fer : faites-en un emploi constant, il brille ; si vous n'en usez point, il se rouille. » Comprends-tu sa signification ?

Pernelle sourit, secoua positivement la tête. Le jeune homme poursuivit :

— Nous avons tous notre boussole ; si elle nous indique la direction à suivre, elle ne transporte personne nulle part et c'est à nos pieds de faire l'effort pour atteindre notre but, patiemment, pas à pas. Le royaume du possible est en chacun de nous à condition que nous le voulions : non par des formules et des bonnes intentions, mais par des actes. Sache que chaque rêve a un prix : celui de l'effort !

Elle sourit encore, toute gonflée de volonté. La leçon commença dans une proximité retrouvée et la joue d'Enzo fit à nouveau communion avec la sienne. Leurs doigts se croisaient sur le manuel, se cédaient la place, sans jamais se trouver, sans jamais se toucher autrement que par accident ; il faisait bon d'être avec lui.

Serrant fort contre elle la tablette d'ardoise, Pernelle quitta le collège avec fierté.

Sa mère et son frère se réjouirent de l'arrivée de cet outil singulier et, assis chacun à côté de Pernelle, ils la regardèrent tracer des lettres, en dévoiler le sens. Richarde posa enfin la main sur l'avant-bras de Pernelle et lui murmura:

— Ne cesse jamais de rêver, ma fille! Moi je n'ai pas pu faire mieux que ce que j'ai fait, mais toi, tu peux aller plus loin...

Pernelle lui sourit, puis sourit à son frère. Un peu de chaleur, de joie, illuminèrent leur foyer ce soir-là...

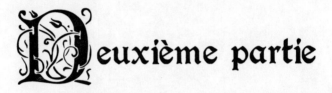

Deuxième partie

Chapitre 1

Le grondement
du tonnerre

Les champs avaient perdu leur chevelure dorée et les faucheurs de blé pouvaient remercier saint Germain, le patron des moissons : la récolte avait été belle !

Une meule de foin tomba de la charrette, libérant une pluie pailletée d'or. Marchant aux côtés des autres glaneurs, Pernelle et Séraphin ramassaient les restes de chaume. Le salaire en moins du père se faisait sentir : leur mère partait, loin dans les marais ou dans la campagne, pour ramasser des racines sauvages ; quant à eux, ils profitaient des moissons pour glaner la paille dans les champs, faire la fin des marchés ou les *soirs de marée*, ce qui consistait à faire la queue devant les étals des poissonniers pour mendier les invendus de la journée.

Le ventre de la jeune fille grogna et elle se redressa, admirant les champs illuminés par les derniers feux du soleil.

— Je dois y aller sinon je vais rater le soir de marée.

Jaugeant à son tour l'horizon, son frère compléta :

— Je vais rester encore un peu sinon demain il n'y aura plus rien.

Sans plus de discours, le jeune homme se courba et reprit son glanage.

Le calme de la campagne environnante, mais aussi ses senteurs, cessaient dès que l'on franchissait la muraille. Pernelle traversa le pont Saint-Michel. La Cité étendait ses rues comme des tentacules, qui s'insinuaient entre les maisons entassées sans ordre ni organisation, laissant de temps à autre s'échapper les clochers aigus et la gerbe des tourelles en poivrière qui s'accrochaient aux murs des maisons plus orgueilleuses, telles les boutures des plantes, destinées à prendre leur propre essor. La Seine coulait silencieusement, battue par la circulation dense des barges, disparaissant sous les ponts chargés de maisons. Le bruit, les cris des marchands ambulants battaient l'air sans rémission.

Pernelle arriva devant la pierre à poissons et fit la queue au milieu des prêtres et des cuisiniers venus quémander les invendus pour les hospices de malades ou d'orphelins, ainsi que pour les prisonniers du Châtelet. Soudain, quelqu'un la tira par le bras avec une telle brusquerie qu'elle en perdit l'équilibre.

Rutebeuf, car c'était lui, haletait :

— Viens à la maison.

— Est-il arrivé quelque chose à ta mère ? demanda la jeune fille.

— Mais non ! C'est dans ta maison à toi !

L'essoufflement de son ami, la crispation de ses traits, présageaient quelque malheur ; elle lui emboîta le pas pour une folle course, se rappelant le jour où Séraphin l'avait arrachée à sa vie, le jour où leur père était mort... Pourvu que... Les jeunes gens arrivèrent au moment où les gardes de la prévôté emmenaient Richarde.

— Mais arrêtez ! Que faites-vous ? s'insurgea Pernelle.

L'un d'eux expliqua :

— Ta mère est accusée par le voisinage de procéder à des incantations, de préparer des breuvages et des emplâtres afin de soigner les abcès et les furoncles. En outre, elle doit répondre de ses actes à propos d'un œuf de coq.

Pernelle leur barra le chemin.

— Mais « le voisinage », comme vous dites, est une folle ! C'est Jeannerotte !

— Les yeux de ton frère, de deux couleurs différentes, sont une charge supplémentaire contre elle. Et ça, la Jeannerotte elle n'y est pour rien. Il va falloir que ta mère en réponde devant justice.

La malheureuse n'eut d'autre choix que de boire sa honte devant le spectacle qu'ils offraient aux badauds. Sa mère était docile et silencieuse, mais sa tenue et ses cheveux en désordre donnaient à penser qu'elle ne s'était pas laissé garrotter sans se débattre.

Leurs regards se croisèrent; on pouvait y lire tout le désarroi du monde.

Rutebeuf intervint:

— J'irai leur dire, moi, que la Jeannerotte elle est folle! Et puis je témoignerai devant le tribunal!

Pernelle fixa son ami, l'esprit en tempête. Enfin, elle soupira:

— C'est gentil à toi mais je crains que ta parole n'y suffise; ce qu'il nous faudrait est un homme de loi, mais avec quel argent le payerions-nous?

Rutebeuf haussa les épaules:

— Et l'avocat des animaux?

Richarde, que les gardes emmenaient, passa à ses côtés; elle baissa la tête, au point que ses cheveux frôlèrent le visage de sa fille, et lui glissa:

— Oui, va trouver cet avocat! Il te connaît bien pour te croiser tous les matins au Châtelet. S'il acceptait au moins de nous conseiller...

Son escorte ne lui laissa pas le temps d'en dire davantage. Prise par l'urgence de la situation, Pernelle se tourna vers Rutebeuf et lui souffla:

— Va prévenir Séraphin.

Il approuva et, comme deux chevaux fous, ils s'élancèrent, chacun dans sa direction.

Peu à peu les rues se vidaient, les marchands débarrassaient leurs étals, tandis qu'un soleil d'or cuivrait le fleuve où les pêcheurs ramassaient leurs filets.

La barge de la prévôté allait tendre la grande chaîne entre le Louvre et la tour de Nesle. Lorsqu'elle barrait la Seine, plus aucune embarcation ne pouvait circuler, ni en longueur ni en largeur, les traversées par voie d'eau n'étant autorisées qu'en plein jour par mesure de sécurité.

La porte de l'officine de l'avocat des animaux était ouverte ; Pernelle entra et s'annonça, déterminée.

— Maître, j'ai besoin de vos conseils.

L'homme, qui reconnut aisément la jeune fille, l'invita à relater l'affaire tout en continuant à ranger des documents ; ce que Pernelle fit, avant de conclure :

— Je ne suis que porteuse d'eau et mon frère est déchireur de nefs, mais je peux vous payer en eau et Séraphin vous donnera du peu qu'il gagne.

L'avocat regarda par-dessus son épaule :

— … Si je résume ce que tu viens de m'en dire : ta mère est accusée d'être barbière, de faire des remèdes douteux ; on y ajoute un œuf de coq et les yeux de ton frère, de deux couleurs différentes…

Il réfléchit avant de lâcher :

— Repasse ce soir.

— Et ? gémit Pernelle, le souffle en suspens.

— Et en attendant je vais voir ma cliente ! N'est-ce pas ce que tu souhaites ?

Des larmes montèrent brusquement aux yeux de la jeune fille.

— Oh oui, répondit-elle, reconnaissante.

Elle rentra en courant et arriva tout essoufflée dans la cuisine, où persistait un arôme amer. Pilon et herbes étaient posés sur le plan de travail, comme si Richarde allait revenir d'un instant à l'autre.

Rutebeuf entra sans s'annoncer, un paquet poisseux en mains :

— Je suis retourné à la pierre à poissons et ai demandé des invendus pour vous ; deux anguilles, regarde !

Touchée, Pernelle sentit une boule lui nouer la gorge. Elle posa sa main sur celle de Rutebeuf et, plongeant ses yeux dans ceux du jeune homme, lui murmura :

— Je suis fière d'avoir un ami comme toi et je te suis reconnaissante pour tout ce que tu fais.

Il émit un gloussement de satisfaction, regarda encore la main qui recouvrait la sienne. Puis brusquement il se redressa, fort et fier :

— Demain je t'attends à la fontaine ; si quelqu'un t'embête, je lui écrabouille la tête !

Il sortit, le torse bombé de la considération qu'on lui portait. Pauvre Rutebeuf ! Sans père, il recevait des coups plus qu'à son tour, d'une mère qui ne s'occupait pas davantage de ses six autres enfants que de lui. Tous étaient livrés à eux-mêmes et, sans doute, dans l'esprit du jeune homme, Pernelle et les siens étaient devenus sa famille de substitution.

Après le frugal repas, durant lequel frère et sœur avaient appréhendé leur avenir, Séraphin ouvrit la porte en grand car déjà l'odeur de poisson attirait les mouches. En essuyant l'extérieur du chaudron qu'utilisait quotidiennement Richarde, la jeune fille eut un pincement au cœur : leur mère y préparerait-elle encore des médications ?

Pour économiser la chandelle, les jeunes gens allèrent se coucher. Allongée sur le dos, Pernelle écouta battre le cœur de la maison, s'accrochant à tous les bruits qui peuplent le silence de la nuit ; la chaleur lourde de la journée ne s'était pas encore étiolée… Se demandant ce que le destin lui réservait encore de fâcheux, la jeune fille finit par sombrer dans un sommeil agité peuplé de cauchemars.

Chapitre 2

Le procès

La chaleur écrasait Paris à mesure qu'août s'installait. La Seine avait soif : il n'était plus tombé une goutte de pluie et le lit du fleuve s'asséchait de jour en jour, rendant la navigation aléatoire. Les fontaines ne distillaient leur débit que par filet et il était devenu impossible d'y remplir ses seaux sinon à faire la queue durant des heures.

Son attelage affermi sur ses épaules, Pernelle remonta par la pierre à poissons d'eau douce, où elle croisa Enzo ; il était accompagné de deux personnes bien mises, dont il prit congé pour la rejoindre. Les collèges avaient fermé les salles de cours pour l'été, laissant davantage de temps libre au jeune homme.

— Bonjour, Pernelle !

Il avait fait des efforts en français, mais sa langue natale résistait dans son accent.

— Comment va ta mère ? s'inquiéta-t-il.

— Le procès se tiendra demain. Je ne pourrai d'ailleurs pas rester trop longtemps ce soir car je dois passer déposer une robe propre pour elle. Maître Chassanée la lui remettra avant l'audience.

Ils progressèrent côte à côte le long de la Bièvre asséchée.

Enzo et Pernelle étaient devenus complices, et sous les attraits austères voulus par le règlement du collège Montaigu, Pernelle avait découvert un ami toujours prêt à rire et à parler de mille choses. Le jeune homme apprivoisait son français par le jeu de leurs conversations variées.

— Pourquoi n'avoir pas profité de la fermeture des écoles pour rentrer dans ton pays ? demanda la jeune fille.

— Bah ! Le temps de me rendre à Florence, il me faudrait déjà revenir pour la reprise des cours. Rester à Paris me permet de gagner un peu d'argent, en donnant des leçons de latin à des enfants de bourgeois…

— Et à moi, coupa Pernelle.

Le jeune homme rit, visiblement de belle humeur.

— Bien sûr, et tu es l'élève dont je suis le plus fier, car tu es la plus assidue. Sans compter qu'en échange, tu m'apprends le français.

Pernelle répliqua avec dérision :

— Oui, et toi aussi tu as fait bien des progrès, car à part ton accent, *monsieur Firenze*, tu te débrouilles très bien à présent !

Ils coupaient par la rue de la Bûcherie lorsqu'une animation peu coutumière attira leur attention.

— Que se passe-t-il ? demanda la jeune fille comme ils approchaient de la cohue chahuteuse.

Enzo tendit l'oreille, tandis que des gens d'armes jetaient deux hommes ligotés dans la charrette de justice, puis rapporta ce qu'il venait d'entendre :

— Ces deux étudiants ont été dénoncés pour avoir pratiqué une autopsie.

Le sang de Pernelle se figea d'horreur. Elle se remémora le contenu des flacons alignés dans la salle de maître Pierre Rosée et s'en ouvrit à Enzo, la pratique de l'autopsie étant interdite en France. Son ami avait l'air moins choqué.

— Pour ma part, je suis moins critique que toi et je n'y vois aucun mal ; tu sais, la dissection des cadavres est couramment pratiquée en Italie et contribue, bien au contraire, au progrès de la science : si l'on veut comprendre la maladie, il faut regarder à l'intérieur du corps, là où se trouvent les réponses.

Perplexe, Pernelle changea de sujet de conversation :

— J'ai pris du retard, il faut que j'y aille car je ne voudrais pas faire attendre maître Chassanée. On se voit demain ?

Ils se saluèrent. La jeune fille traversa la Seine et, après une halte chez elle pour déposer ses seaux et récupérer la robe de sa mère, elle gagna la rue Troussevache, où se situait l'officine de maître Chassanée.

Elle trouva l'avocat, le cheveu en bataille, attablé et griffonnant un feuillet. Il releva distraitement la tête à l'entrée de la jeune fille, qui déposa le vêtement sur une chaise. Après quoi elle s'acquitta de ses corvées : un peu de ménage — elle le faisait deux fois par semaine —, la préparation d'un en-cas, comme ils en étaient convenus en échange de l'aide de maître Chassanée dans la défense de Richarde. Puis, sans bruit, elle quitta l'officine.

Pernelle et Séraphin étaient réveillés bien avant le lever du jour. La destinée d'une famille allait se jouer en une matinée, leur sort était accroché à la plaidoirie d'un seul homme ; c'est dire s'ils comptaient sur maître Chassanée ! La jeune fille glissa de sa couche, se débarbouilla puis débloqua le volet. Son frère vint bâiller devant la porte d'entrée, qu'il ouvrit : les premiers tours de roue des charrettes faisaient vibrer les essieux et l'on courait déjà à la fontaine pour y disputer chèrement sa place.

Éloignés de ce quotidien pour un jour, frère et sœur enfilèrent leurs vêtements de messe et se coiffèrent avec application. Pilier inébranlable, Rutebeuf les attendait ; ensemble, les trois jeunes gens gagnèrent le grand Châtelet.

On assigna à Pernelle et à Séraphin leur place sur des bancs des familles et l'attente commença, angoissante : le destin venait de jeter ses dés. Lorsque leur mère entra, flanquée de deux gardes, le cœur de Pernelle chavira : Richarde flottait dans sa robe et le sourire qu'elle adressa à ses enfants était empreint d'effort.

Le procès débuta avec le rappel des charges et l'accusation de Jeannerotte, qui disait avoir trouvé un œuf pondu par un coq dans le poulailler de Richarde ; nul n'ignorait que tout œuf pondu par un coq, chose contre nature, était l'œuvre du diable, et qu'il en sortirait un coq à queue de serpent, autrement dit un basilic. Un huissier apporta un panier recouvert d'un linge, qu'il souleva pour présenter la preuve, provoquant la stupeur de l'auditoire. Les juges se penchèrent avec frayeur, craignant sans doute l'éclosion de l'œuf ! S'y ajouta la faute de Richarde laquelle, au lieu de se contenter des remèdes de l'Église — eau bénite, prières, évocation de tous les saints —, s'obstinait à préparer ses breuvages maléfiques qu'elle vendait au voisinage. De plus, n'avait-elle pas engendré un fils avec des yeux de couleurs différentes ? Voilà bien une preuve évidente de sorcellerie !

Pernelle, qui aurait voulu bondir à maintes reprises pour contester les mensonges qu'elle entendait, n'en fut que plus choquée par l'attitude de maître Chassanée, lequel ne faisait jamais aucune objection. La rage au cœur, l'adolescente se demanda comment l'avocat qui défendait avec une si belle éloquence les rats et les porcs pouvait laisser filer les attaques contre leur mère avec une telle indifférence. Il n'avait même pas ouvert sa besace, ni sorti aucun document, comme si ce procès ne le concernait pas.

Lorsque l'accusation se fut tue, le juge se tourna vers la défense et demanda, non sans ironie :

— Maître Chassanée, nous sommes curieux d'entendre vos arguments car je vous trouve bien silencieux ! Est-ce parce que vous êtes d'ordinaire le défenseur des animaux qu'il faut vous tirer les vers du nez ?

L'avocat se leva et, sans un regard aux deux enfants de Richarde, s'éclaircit la voix avant de plaider :

— Messieurs les juges, mon devoir envers les animaux que je défends m'engage à devenir l'avocat de cet œuf que l'on accuse de contenir un basilic avant même que de l'avoir vu né.

Le public, un instant suspendu au silence, laissa libre cours à ses commentaires bruyants.

Le cœur de Pernelle se mit à battre tambour quand elle vit le trouble gagner sa mère. Elle interrogea son frère du regard, mais il semblait tout aussi effaré.

Le magistrat agita la cloche en réclamant le calme. Lorsque cela fut fait, il attendit que maître Chassanée reprenne la parole ; mais celui-ci restait silencieux.

Après un laps de temps décent, le juge, qui se plaisait aux jeux de mots ironiques, lança :

— Qu'attendez-vous, Maître ? Vous êtes muet comme une carpe, si j'ose dire.

— J'attends que l'accusé soit présent à son procès, comme l'exige la loi.

La foule bruissa, impatiente ; Pernelle et Séraphin tendirent le cou, affligés, tandis que le juge désignait Richarde du doigt.

— Elle me semble bien présente, pourtant !

L'avocat fit une grimace boudeuse en lâchant :

— Pas elle...

Il avança à pas mesurés et tira délicatement le panier des mains de l'huissier avant de conclure :

— Je parle de *lui* !

La foule s'épancha en remarques horrifiées.

Le magistrat sonna la cloche en guise de semonce.

Maître Chassanée s'éclaircit la voix puis, brandissant le panier contenant l'œuf, le mit sous le nez des magistrats, qui se collèrent au dossier de leur chaise comme un seul homme.

— La loi se veut juste et équitable et des juges, comme vous, et des avocats, comme moi, la défendons avec honneur et dignité...

Un juge revissa sa calotte sur la tête et soupira :

— Vous ne voulez pas aussi nous lire la Bible ? Avançons dans les débats, Maître, voulez-vous, et arrêtons de perdre notre temps !

Barthélémy Chassanée ramena délicatement vers lui le panier contenant l'œuf, le berça entre ses bras comme un père le ferait avec son enfant. Au premier rang, Pernelle et Séraphin dévisageaient l'avocat, se demandant où il voulait en venir ; ils guettaient son regard, qu'ils espéraient croiser, et dans lequel ils auraient voulu lire quelque espoir. Mais Barthélémy Chassanée semblait investi corps et âme dans sa plaidoirie. Posant délicatement le panier sur le coin d'un pupitre, il poursuivit :

— La loi, que nul n'est censé ignorer, exige que les prévenus soient présents, personnellement, à leur procès. Ne me le reproche-t-on d'ailleurs pas chaque fois ?

Il y eut un long silence. L'un des juges se leva de son siège, se pencha et, pointant l'index en direction du panier :

— Et ça ? Qu'est-ce sinon votre prévenu ?

Maître Chassanée s'approcha de l'œuf, l'observa de manière poignante, les mains contre la poitrine, laissant la salle suspendue à son souffle.

— « *Ça* », Messieurs les juges, n'est pas le prévenu en personne puisque pour l'heure nous n'avons qu'un œuf.

Puis, avec la même théâtralité, il se tourna, mielleux, vers le procureur.

— Pourrait-on me dire de quel délit on accuse cet œuf ?

Le magistrat principal sonna sa cloche d'exaspération :

— Maître ! Le fait d'être avocat des animaux ne doit pas vous encourager à nous faire tourner en bourriques ! Et puis tout d'abord, nous sommes ici pour juger les actes de la dénommée Richarde Dieulosal.

— Mais, vénérable Cour, j'en suis conscient ! Mais comment peut-on accuser cette femme de posséder un œuf de coq, et de prétendre qu'il va en sortir un être démoniaque, si l'on n'en a pas la preuve formelle ?

L'avocat souleva à nouveau le panier et le fit virevolter dans les airs, conscient que son geste effrayait toute l'assemblée, juges en tête. Il poursuivit :

— Ainsi, nous avons deux solutions : soit nous brisons cet œuf devant la Cour de justice, en prenant le public pour témoin...

On n'entendait plus un bruit dans la salle et les juges s'étaient levés, terrorisés, prêts à fuir. Maître Chassanée finit sa phrase en plaçant à nouveau le panier entre ses bras :

— ... Soit nous attendons sagement qu'il soit né afin de voir de nos yeux s'il en sort un poussin tout mignon ou un basilic tout hideux !

La foule était abasourdie ; les regards de Pernelle et Séraphin roulaient de l'avocat au panier, du panier à leur mère, de leur mère aux magistrats.

Les juges chuchotèrent entre eux. L'un d'eux reprit la parole devant une salle en haleine :

— Maître Chassanée, vous êtes encore en train de nous perdre avec vos emberlificotas. Je vous rappelle que nous sommes ici pour juger la prévenue Richarde Dieulosal pour sorcellerie.

À peine le regard de l'avocat effleura-t-il celui de Richarde ; il poursuivit :

— Précisément, messieurs les juges. Mais pour prouver qu'elle est une sorcière, il faut prouver que cet œuf contient bien un basilic. Et pour le savoir, il faudra ou briser l'œuf, avec les risques que votre décision ferait courir à tous les chrétiens réunis dans cette salle, ou attendre que l'œuf soit couvé et qu'il en sorte la preuve vivante pouvant témoigner contre ma première cliente.

— Et les yeux du garçon ? renchérit le clerc de notaire.

Les magistrats n'en voulurent même pas au secrétaire d'avoir posé une question en pleins débats, même s'il n'avait pas la parole, car il apportait une aubaine inespérée. Le juge sauta sur l'occasion :

— Oui, regardez cet enfant : un œil vert et un œil noir ! Si ce n'est pas une preuve !

— Pour que ce soit une preuve irréfutable, il faudra le prouver de manière irréfutable. Ainsi, je suggère à nos éminents et honorables juges de coupler la preuve : pour le basilic, faisons-le couver par un coq, désigné par la Cour, et attendons qu'il soit né. Pour l'enfant de la prévenue, le dénommé Séraphin, soumettons-le à l'avis des savants des arts de médecine. Et levons l'audience jusqu'à ce que l'affaire soit à nouveau prête à être plaidée !

Le juge s'esclaffa, outré :

— Mais je vous en prie, Maître, prononcez la sentence à notre place pendant que vous y êtes ! Vous voulez peut-être aussi que je vous passe la cloche pour sonner la fin des débats ?

Une projection de voix monta de la salle ; le public clabauda, gloussa, obligeant le magistrat à secouer la cloche comme un servant de messe, violemment et à plusieurs reprises. Le calme ne revenant pas, il fit évacuer les lieux par les huissiers et la garde de la prévôté.

Dépassés, Pernelle et son frère ingéraient leur désespoir, les larmes aux yeux, tandis que Richarde leur jetait des regards hébétés.

Alors que les magistrats parlementaient entre eux, l'avocat du Parquet s'approcha de son confrère :

— Tu nous avais tout fait, Barthélemy, mais alors là !

Il avait l'air plus admiratif qu'outré, comme si les facéties du défenseur des animaux le laissaient une fois encore sans argument.

Pernelle et Séraphin s'approchèrent de maître Chassanée, le visage défait :

— Que se passe-t-il, Maître ? Nous ne comprenons plus rien !

L'avocat s'assit et, le plus sérieusement du monde, leur murmura :

— Écoutez, si grotesque soit-elle, cette issue me semble la meilleure et nous apportera une preuve irréfutable. N'est-ce pas ce que vous souhaitez ?

Les juges interrompirent ce bref échange et maître Chassanée posa une main confiante sur l'épaule de Pernelle en lui adressant un clin d'œil.

La Cour, en la personne du premier magistrat, rendit la sentence :

— Maître Chassanée, vous nous mettez dans une vilaine posture ! Vous conviendrez que, pour la bonne tenue de la justice, nous ne pouvons faire briser cet œuf céans et mettre en danger la vie de toutes ces âmes chrétiennes ! Ainsi, rendant justice à huis clos pour ne pas nous attirer les foudres du peuple, nous, la Cour, décidons : la coupable Richarde Dieulosal, ici présente, sera enfermée dans l'un des reclusoirs des Saints-Innocents en attendant que l'œuf soit couvé et que les docteurs en médecine aient rendu leurs conclusions sur le cas des yeux du jeune Séraphin, ce afin de déterminer si cette différence de couleur est due à quelque procédé surnaturel lié aux activités de sa mère ou non. Ses enfants pourront lui apporter sa nourriture et lui parler par la lucarne.

C'était mieux que la cellule du grand Châtelet, où leur mère avait croupi dans l'attente de son procès, et mieux que le bûcher assuré car, au moins, ils pourraient lui rendre visite sans entrave ; un immense poids libéra les épaules de Pernelle. Toutefois, le juge n'en avait pas terminé.

— Les enfants de la détenue, par-devant nous présents, Séraphin, âgé de quinze ans ainsi que Pernelle, âgée de treize années, étant trop jeunes pour pourvoir à leurs besoins, ils seront confiés à une institution charitable, à savoir l'hôpital de la Trinité, ceci durant toute la captivité de leur mère et en attente des résultats. Vous avez voulu nous *pondre* une plaidoirie à votre manière, Maître, alors faisons : attendons que votre œuf pondu soit couvé par le coq que nous aurons désigné et assigné, et que les savants en médecine aient remis leur rapport. Lorsque l'affaire sera prête, nous fixerons une nouvelle date d'audience.

Pernelle allait protester lorsque le juge l'arrêta sèchement de la main pour poursuivre, car il n'avait toujours pas fini :

— Les frais de justice, de nourriture, de scellés, de jugement, le déplacement des juges et du procureur, mais aussi la subsistance des enfants Dieulosal durant tout le temps la captivité de leur mère sont à la charge de ladite Richarde et ainsi, pour assurer le paiement de la dette, en l'absence de revenus, la maison où ils vivent, rue de la Serpente, sera confisquée et vendue dans le délai d'un mois.

La cloche de fin de séance fut agitée avec rudesse. Les juges se levèrent et quittèrent la salle, les avocats allèrent signer les actes auprès des greffiers. Bousculés par l'incompréhensible, Pernelle et Séraphin se précipitèrent sur leur mère ; les voyant chamboulés et en larmes, les gardiens laissèrent un instant d'intimité à la famille. Richarde baisa le front de ses enfants en pleurant.

— Courage mes chers petits, nous sortirons vainqueurs de cette épreuve... Prends bien soin de ta sœur, Séraphin...

— Mais après, où vivrons-nous si on nous prend notre maison ? hoqueta Pernelle entre deux sanglots.

Leur mère la fixa avec détermination, prit son visage entre deux mains fermes et lui souffla :

— Il n'y a aucune raison que l'on perde notre maison ! Car je puis t'assurer qu'il n'y a aucune sorcellerie dans tout ça : ni dans la couleur des yeux de ton frère, ni dans l'œuf de la folle Jeannerotte. Ne doute jamais de ça, ma fille !

Les jeunes gens se retrouvèrent seuls dans la salle d'audience vide. Leurs regards affolés couraient sur les bancs, les murs, la porte. Ils n'osaient songer à leur futur : leur destin venait de basculer d'une manière qu'ils n'auraient jamais imaginée en se réveillant, ce matin même. Ils se laissèrent choir sur le banc, dans l'attente d'un avenir incertain.

Rutebeuf, qui s'était approché, ne savait que dire. Alors il resta là, penaud, silencieux.

Enfin la porte s'ouvrit sur la religieuse chargée de les escorter. Après s'être présentée avec douceur, la nonne proposa aux jeunes gens de les accompagner jusqu'à leur maison pour y rassembler quelques vêtements.

Rutebeuf supplia :

— Je pourrai venir les voir, dites ?

— Bien évidemment, ils ne sont pas emprisonnés, répondit la religieuse avec douceur.

Pernelle embrassa tristement son ami sur la joue.

— Merci pour tout ! Peux-tu prévenir Enzo que je ne pourrai plus venir à ma leçon ?

Il acquiesça et finit de les accompagner en silence.

Ils longèrent la Vallée de misère ; des enfants du voisinage s'ébattaient dans l'eau du fleuve en poussant des cris de joie ; qu'il semblait loin, le temps de l'insouciance !

— Qu'allons-nous devenir si maman est condamnée ? murmura Séraphin, comme s'il se parlait à lui-même.

Pernelle ne répondit pas, laissant son regard errer sur les jeunes qui, en contrebas, riaient à la vie…

La jeune fille embrassa la façade de leur maison du regard, comme pour mieux en imprimer le souvenir dans sa mémoire, avant d'y entrer.

Ses yeux glissèrent de la cheminée éteinte aux marmites, s'attardèrent sur chaque ustensile si banal et pourtant si cher à son cœur.

Leurs effets personnels enfouis dans un baluchon, ils se laissèrent conduire par la religieuse, sous le regard chagriné de Rutebeuf.

Chapitre 3

La dentellière d'ivoire

Fondé pour héberger pèlerins et voyageurs arrivant à Paris après la fermeture des portes de la Cité, l'hospice de la Trinité recueillait également quelques enfants dont les parents étaient emprisonnés ou internés. Il était dirigé par un nombre modeste de religieux ; cette mesure permettait aux charitables donateurs d'avoir l'assurance que leurs aumônes étaient bien employées pour les pauvres, non pour entretenir les moines et les nonnes.

Séraphin reprit dès le lendemain de son arrivée son travail de déchireur de nefs sur l'île Maquerelle, Pernelle fut affectée à l'ambiance feutrée de la cuisine.

Une semaine avait passé. La jeune fille était investie dans sa corvée d'épluchage lorsque maître Chassanée entra, annonçant avec enthousiasme :

— J'apporte une nouvelle inespérée : j'ai parlé de votre situation à une amie qui, très généreusement, accepte d'avancer le remboursement des frais de justice.

Pernelle bredouilla, incertaine :

— Vous voulez dire... que la justice ne va pas vendre notre maison ?

L'avocat se fit plus souriant :

— C'est ce que nous espérons ! Je vais de ce pas au tribunal pour faire le nécessaire.

Pernelle exulta de bonheur et lut le même sentiment dans les yeux de sœur Marthe. Sa folle joie domptée, la jeune fille s'inquiéta :

— Vous avez dit « avancer les frais de justice »... Mais mon frère doit reverser une partie de son salaire à l'hospice pour notre entretien et le repas de notre mère, alors comment allons-nous...

L'avocat la rassura :

— De fait, je vais demander au juge l'autorisation de te laisser travailler tous les après-midis au service de la bienfaitrice qui vous avance cet argent, pour rembourser votre dette, car elle a précisément besoin d'une aide.

Le carillon de l'église voisine rappela l'avocat à ses obligations et il mit un terme à la conversation. Pernelle se tourna vers sœur Marthe, tout excitée :

— Puis-je aller annoncer la nouvelle à ma mère ?

La nonne laissa éclater sa joie :

— Évidemment ! Et apporte-lui son repas !

Tout à son impatience, Pernelle prépara une large tranche de pain, un hareng, une pomme, qu'elle plaça dans l'un de ses seaux. Dans l'autre, elle déposa un cruchon d'eau.

La fièvre au corps, la jeune fille remonta jusqu'au cimetière des Saints-Innocents.

Inséré entre le mur de l'église et le cimetière, le reclusoir consistait en une petite loge ouverte par deux lucarnes, l'une donnant sur l'église pour assister aux offices, l'autre sur le cimetière pour permettre aux voisins charitables de déposer quelque nourriture ou vêtement.

Pernelle s'approcha, appela sa mère.

— À l'eau ! À l'eau ! Qui veut des nouvelles fraîches et bonnes ?

Richarde apparut à la minuscule fenêtre, sortit le bras et tendit la main, que sa fille attrapa. Rutebeuf arrivait.

— Ton frère est passé tout à l'heure avant d'aller travailler.

Pernelle souleva la nageoire et en extirpa un à un les aliments, qu'elle passa entre les barreaux tout en annonçant la bonne nouvelle à sa mère ; ils se félicitèrent conjointement de la Providence qui leur tendait la main, même s'ils ignoraient pour l'heure l'identité de leur bienfaitrice : la surprise et l'émotion avaient été telles que Pernelle n'avait pas eu la présence d'esprit de le demander à maître Chassanée.

— Je vais l'apprendre à Séraphin! proposa Rutebeuf en se tortillant de bonheur et tout heureux d'aller délivrer si bonne nouvelle.

Ravie, Pernelle le laissa à sa mission, ce qui lui permit de rester plus longuement en compagnie de sa mère.

Lorsqu'elle prit congé et s'en fut, l'espoir avait refait son nid dans leur cœur.

Le soir même, maître Chassanée accompagna Pernelle chez Hermance, la dentellière d'ivoire, dont l'atelier se situait rue de l'Hirondelle : un nom évocateur de printemps et de renouveau! La jeune fille retint son souffle, impressionnée par tout l'outillage suspendu à des clous ou éparpillé sur la table de travail. Sa bienfaitrice était simplement vêtue d'une robe de toile beige soulignée par plusieurs ceintures de cuir, auxquelles pendait en chapelet tout un assortiment de petits ustensiles ou de clés. L'invention de la fine aiguille de métal avait chassé les robes uniformes et permis de créer des vêtements plus ajustés et plus seyants. Hermance portait les cheveux tirés vers l'arrière pour mieux accentuer la hauteur du front, épilé à la poix, comme l'exigeait la mode, et protégeait ses cheveux sous une coiffe de couleur, qui pendait sur le côté dans un élégant drapé. Intimidée, Pernelle salua sobrement.

Hermance sourit chaleureusement à sa jeune visiteuse avant d'étendre le bras pour présenter l'atelier :

— Voici mon antre et je vais bien avoir besoin d'aide. Tu seras payée mais cet argent servira pour moitié à ton entretien à l'hospice, pour moitié à me rembourser l'avance faite.

Pernelle remercia encore leur protectrice puis s'approcha de la table et admira le travail en cours. L'ivoirière prit la plaque dans sa main, souffla légèrement sur sa surface puis la présenta à sa nouvelle assistante :

— C'est une commande pour décorer une couverture de manuscrit.

La jeune fille contempla l'objet, ajouré avec la délicatesse d'une dentelle, avant de demander :

— Et en quoi consistera ma tâche ?

La femme passa le doigt sur la pellicule de poussière blanche recouvrant le plan de travail.

— Je te demanderai de faire un peu de ménage, préparer mon repas, car j'ai peu de temps à y consacrer, faire occasionnellement quelques livraisons. Tu commences dès demain si ça te va.

Pernelle approuva puis salua les deux adultes avant de s'éclipser, les laissant converser entre eux. Elle traversa la place Saint-Michel, toujours envahie par une foule tumultueuse, longea les ports, à l'abri des franges d'ombre des arbres et, le cœur léger, regagna l'hospice, se remémorant les événements récents : leur maison avait été sauvée *in extremis* et le tribunal avait désigné un coq. Maître Chassanée, accompagné d'un huissier de justice, avait accompli les formalités légales en personne : lecture publique de la décision avait été faite à *Sire Coq désigné*, en son poulailler, de couver l'œuf qui lui était présenté ; faute de quoi, il serait excommunié. D'autre part, une demande avait été formulée à l'école des Arts demandant la nomination, par le recteur d'université, de sept juges médecins et de trois savants, réunis en collège, aux fins d'étudier le cas de Séraphin et de rendre leur conclusion.

Dès que la jeune fille franchit le seuil de la cuisine, sœur Marthe lui annonça :

— Père Magloire souhaite te voir.

— Pourquoi ? aurais-je fait quelque chose de mal ? s'inquiéta Pernelle.

— Tout de suite ! répondit sœur Marthe, avec une douceur ferme.

La jeune fille traversa prestement la cour, s'engouffra par une porte latérale, parcourut le couloir intérieur d'un pas rapide. Avant de frapper au lourd battant derrière lequel se cachait la réponse à ses interrogations, elle aspira une longue goulée d'air puis vida lentement ses poumons.

À sa grande surprise, elle trouva Enzo dans le bureau du supérieur. Le jeune homme lui adressa un sourire chaleureux puis laissa père Magloire expliquer :

— Ton ami capet, averti de votre malheur par ton autre ami, Rutebeuf, est venu me trouver ; il m'a exposé ton désir de t'instruire et a sollicité l'autorisation de poursuivre vos leçons.

L'intéressée attendit la suite, qui ne vint pas. Elle posa alors sur Enzo un regard impatient. Père Magloire reprit avec calme :

— Tu es employée aux cuisines, tu vas aller travailler pour la ciseleuse d'ivoire ; par ailleurs, tu dois des heures de ménage à votre avocat en paiement de ses services... Comment trouverais-tu le temps de te consacrer, en plus de tout ça, à des leçons ?

Pernelle, qui ne voulait pas laisser échapper cette opportunité, répondit avec fièvre :

— Ce ne serait peut-être pas tous les jours, mais si je pouvais assister aux leçons de mon ami capet au moins deux fois par semaine, les soirs où je ne fais pas mes corvées chez maître Chassanée...

Les deux jeunes gens, qui avaient chacun exposé leurs souhaits, restèrent immobiles devant le bureau du prieur, attendant son verdict. Le supérieur du couvent dévisagea Pernelle, puis Enzo, d'un œil perçant. Enfin il se leva et, avec bonté, donna sa réponse :

— Soit ! tu pourras aller à ta leçon deux fois par semaine, les mardis et jeudis. En dehors de ces deux séances, tu pourras profiter du temps libre qui te reste sous ce toit pour procéder à des révisions, seule, sous le regard de sœur Marthe. Mais si j'apprenais que tu négliges le reste, je te retirerais mon autorisation. Est-ce clair pour tous les deux ?

Les jeunes gens approuvèrent, comblés.

Pernelle fut congédiée, laissant Enzo dans le bureau de père Magloire. Elle regagna la cuisine, folle de joie.

Chapitre 4

Les brumes de l'automne

O ctobre installait sa chevelure de brume et l'on attendait d'un jour à l'autre la décision des médecins : les savants désignés avaient vu, chacun séparément, le jeune Séraphin. Il restait au collège d'érudits à croiser leurs avis pour rendre leur rapport au juge.

Le coq nommé par justice ne se décidait pas à couver l'œuf ! En effet, et malgré son assignation à le faire, *Sire Coq désigné* avait bien d'autres préoccupations que de s'asseoir – de gré comme de force – sur un œuf. Si cela inquiétait Pernelle – car cela retardait la procédure –, maître Chassanée en était heureux : que *Sire Coq désigné* refuse de couver cet œuf, cela prouvait que ce dernier n'était pas maléfique !

Pernelle sortit mollement de son sommeil, se recroquevilla sous son édredon pour profiter encore un peu de la chaleur douillette de son lit : de la chapelle attenante au dortoir provenait la messe haute[11], à savoir les prières et les chants du premier office, spécialement récités et chantés pour que les malades et les pèlerins puissent y participer d'intention.

Lorsque les allées et venues eurent raison de ses dernières résistances, la jeune fille se résolut à se lever. Elle jeta un coup d'œil par la fenêtre, qui donnait sur le potager de l'hospice. Le jour grignotait la nuit de ses filaments pâles.

Dans la cour elle croisa Séraphin, qui partait pour sa journée de travail. Frère et sœur échangèrent quelques banalités avant de se séparer.

Comme tous les matins, Pernelle ramassa au passage le panier de générosité, dans lequel les donateurs charitables déposaient qui un pain, qui quelques légumes ou fruits, qui un morceau de lard, pour aider la petite congrégation à subvenir aux besoins de ses pensionnaires. L'adolescente alla remiser la collecte dans le cellier puis gagna la cuisine. Sœur Marthe était déjà à l'œuvre.

Lorsqu'elle eut lavé les navets, Pernelle proposa de les éplucher.

— Laisse, répondit la religieuse. Occupe-toi du pain perdu, tu veux bien ?

La jeune fille récupéra la bassine de pain rassis que l'on avait fait tremper dans le lait d'amande,

---

11. Qui diffère de la « messe basse », dite à voix basse, murmurée, pour ne pas réveiller les gens la nuit (d'où l'expression qui nous en est restée, « faire des messes basses »).

y ajouta des œufs et des pommes coupées en lamelles : ces galettes faisaient le bonheur des enfants, coûtaient peu et apaisaient la faim.

Sa tâche accomplie, Pernelle s'enroula dans un châle et alla puiser de l'eau au puits. Les arbres, encore ouatés des vapeurs de l'aube, se dressaient comme des chandeliers ; après avoir flamboyé des mille feux de l'automne, ils se dégarnissaient peu à peu comme le front d'un homme vieillissant. La jeune fille avança en écoutant les conciliabules des corbeaux. La brume courait sur l'épais tapis de feuilles mortes, faisant éclater les senteurs subtiles de musc et de champignon.

Lorsque Pernelle fut rentrée avec sa collecte d'eau, sœur Marthe lui remplit une écuelle de soupe fumante.

— Tiens, ça va te réchauffer ; après, tu pourras prendre la part de ta mère et y aller.

L'adolescente saisit le récipient à pleines mains et se laissa envahir par sa douce chaleur avant de le porter à ses lèvres ; la soupe, où surnageait un malheureux lardon, lui coula délicieusement jusqu'au fond des jarrets. Lorsqu'elle fut repue, elle chercha le godet de fer, au fond duquel elle jeta des morceaux de pain rassis ; sœur Marthe l'arrosa de bouillon épaissi de légumes et d'un morceau de lard, puis le recouvrit immédiatement.

— Va vite ou ta mère va manger froid.

La jeune fille attrapa le linge où elle avait emballé les tranches de pain perdu.

— Je mangerai ma part avec maman. En revenant, je rapporterai de l'eau de la fontaine des Saints-Innocents.

Comme chaque matin, Pernelle prépara son attelage, posa le pot contenant la soupe dans un seau et, par-dessus, les galettes ; elle rabattit la nageoire pour préserver la chaleur le plus longtemps possible ; dans l'autre seau, elle mit la boîte métallique contenant les braises, qui apporterait un peu de chaleur à la recluse. Le tout bien équilibré sur ses épaules, elle s'en alla. Heureusement, l'hospice était à deux pas du cimetière !

Les cris coutumiers de la rue la happèrent. Elle se hâta, soucieuse de sa chaude cargaison. Pour se prémunir du froid, Richarde avait colmaté sa fenêtre avec des papiers gras ; Hermance lui avait procuré des couvertures, ce qui n'empêchait pas la pauvre femme d'avoir les mains bleuies et les lèvres gercées.

— À l'eau ! À l'eau ! Qui veut de ma bonne soupe ?

Reconnaissant la voix de sa fille, Richarde décolla la protection de papier et tendit une main.

Pernelle se hâta de retirer la nageoire du seau, y préleva les deux récipients de métal, adaptés pour pouvoir passer entre les barreaux.

— Mange pendant que c'est chaud, le temps que je salue Rutebeuf, qui arrive.

Sans se faire prier, Richarde disparut derrière ses murs, laissant sa fille converser avec l'inébranlable Rutebeuf, tous les jours assidu et ponctuel. Le pauvre grelottait de froid et sautillait d'une jambe à l'autre pour se réchauffer. Pernelle déplia le linge qui contenait le pain perdu et lui tendit une galette.

— C'est toi qui les as faites ? demanda-t-il avec gourmandise.

— Oui, ce matin, et elles sont encore tièdes.

Il allait la porter à sa bouche quand, dans un sursaut, il s'inquiéta :

— Et toi ?

— Oh, moi, j'en ai déjà mangé avant de venir, mentit-elle.

La faim lui tenaillant sans conteste le ventre, Rutebeuf dévora la tranche dorée en moins de temps qu'il n'en faudrait pour le dire. Comme tous les matins, il se proposa pour remplir les seaux à la fontaine afin de permettre à Pernelle de rester plus longtemps avec sa mère. Lorsqu'il revint, la jeune fille ajusta son attelage et regagna l'hospice.

Clouants[12] sur le nez, Hermance était concentrée sur son travail minutieux de gravure sur ivoire. Pour éviter que les verres grossissants ne tombent

---

12. Ancêtres des lunettes : deux loupes serties par des montures en bois articulées par un clou.

sans cesse durant sa tâche, elle avait percé l'assemblage de part en part et y avait passé un ruban qui lui couronnait la tête. Le précieux outil-loupe permettait à la dentellière d'ivoire de ciseler ses pièces avec une surprenante précision.

Hermance posa son ciseau, fit remonter ses clouants sur le front, se redressa et s'étira douloureusement, mains sur les reins.

Pernelle vida sa collecte d'eau dans les jarres à l'aide d'un entonnoir, puis remplit le godet de sa bienfaitrice avec ce qui restait. Elle ajouta une bûche dans la cheminée car le feu se mourait de négligence.

— Je dois absolument finir cette ciselure. Peux-tu livrer les plaques à Antoine Vérard pour moi ?

— Avez-vous déjeuné au moins ? s'inquiéta sa jeune protégée.

— Ne t'en fais pas pour ça, j'ai avalé un morceau de pain et un hareng sur un coin d'établi…

Hermance était une femme douce et patiente et c'était un plaisir de travailler pour elle. Si les premiers jours le rôle de Pernelle s'était cantonné au nettoyage des lieux — ce qui n'était pas la priorité de la jeune femme —, cette dernière lui avait peu à peu confié d'autres tâches pour se soulager de la sienne ; non pas comme un maître donnant des ordres à son commis mais comme une grande sœur demandant un service.

Pernelle prit le paquet et s'en fut dans la froideur de l'automne. Elle remonta vers le pont des libraires, qui enjambait la Seine entre la cathédrale Notre-Dame et la rive gauche. Initialement bâti en bois, il était consolidé chaque automne par des poutrelles qui entravaient la circulation des bateaux ; le petit pont — ainsi nommé car il débouchait sur le petit Châtelet — était régulièrement victime des boues torrentielles. On l'avait rebâti en pierre mais il avait été emporté dès le premier hiver par les glaces que charriait la Seine. On avait alors songé à l'affermir par le poids et ainsi l'avait-on couvert de deux rangées de maisons, louées aux libraires.

La jeune fille entra dans la boutique à l'enseigne de « saint Jean l'Évangéliste ». Antoine Vérard travaillait pour un public aisé de bourgeois et de nobles, et notamment pour le roi de France — c'était dire si sa réputation était notoire !

Concentré dans la lecture attentive d'un livre, l'éditeur ne releva pas la tête à l'entrée de la jeune fille. Plus loin, attablés à des écritoires dans un silence religieux, des enlumineurs décoraient des feuillets. À l'arrière de l'échoppe les artisans faisaient tourner la presse à bras, copiée sur le modèle du pressoir à vin.

Après avoir dirigé un atelier où l'on calligraphiait et enluminait des manuscrits de luxe, Antoine Vérard avait su profiter de l'innovation apportée par l'imprimerie sur papier et avait eu le génie d'inventer le livre « combiné » : les ouvrages étaient imprimés selon le procédé répandu par Gutenberg, puis ils étaient enluminés de manière artisanale, le tout rendant un résultat confondant, identique à s'y méprendre aux manuscrits précieux entièrement composés à la main. Toutefois, pour les clients les plus fortunés, le travail était toujours exécuté entièrement à la main et sur vélin.

Pernelle attendit son tour, admirant les ouvrages illustrés de belles lettrines. Lorsque l'éditeur lui accorda enfin son attention, la jeune fille posa le linge devant lui ; Antoine Vérard déballa les deux plaques d'ivoire gravé destinées à ornementer la couverture d'un livre précieux. Rajustant ses clouants, il détailla le travail puis remballa précautionneusement les objets ciselés dans leur pochette molletonnée.

— Complimente Hermance de ma part et dis-lui que je lui enverrai mon comptable jeudi.

Pernelle remercia puis salua. Sans s'attarder, elle rentra à l'atelier.

Elle retrouva la dentellière à la même place et dans la même posture qu'elle l'y avait laissée, comme si le temps s'était suspendu en son absence.

— Maître Vérard est très satisfait !

— Il ne manquerait plus que ça ! plaisanta Hermance. Peux-tu voir si les os sont prêts ?

Pernelle se défit de sa cape puis souleva le couvercle de la marmite où elle avait laissé réduire un fémur et une omoplate de bœuf pour les nettoyer. L'ivoire d'éléphant ou de morse étant très coûteux, on honorait les commandes plus modestes avec de l'os de bovin. Décharné à l'eau bouillante il était libéré de ses extrémités arrondies, à la scie et dans l'eau, avant d'être découpé pour être gravé ou sculpté.

Hermance s'enquit des nouvelles de la famille de Pernelle qui, tout en partageant quelques anecdotes, gratta les derniers lambeaux de chair sur l'os. Enfin, Hermance posa ses outils et s'étira.

— Je dois m'absenter. Peux-tu me rendre service et préparer cette pièce ? demanda-t-elle.

Pernelle replongea l'os dans la marmite et alla s'asseoir près de sa bienfaitrice. La jeune fille considéra la plaque d'os rabotée, puis les instruments posés devant elle :

— Mais je ne sais pas comment on procède ! bredouilla-t-elle.

Hermance la rassura :

— Ce n'est qu'un travail de préparation... et puis, ce n'est que de l'os de bœuf ! Tout ce que tu as à faire est de le poncer jusqu'à ce qu'il soit aussi plat et lisse qu'un galet. Tu prendras également soin d'arrondir les bords avec la gouge.

— La gouge ?

Pour toute réponse, Hermance lui tendit un outil-râpe. Pernelle répéta :

— Une gouge...

La jeune femme se changea promptement : grâce à l'innovation apportée par le bouton, et qui permettait d'assembler les vêtements sans que l'on n'ait plus besoin de les lacer, l'habillage était devenu un jeu d'enfant ; il permettait notamment de changer uniquement une partie d'une tenue, telles les manches, plus vite salies[13]. Apprêtée, Hermance ajusta sa coiffe, s'enveloppa dans sa pèlerine et laissa seule son aide, qui se concentra sur son travail.

D'abord hésitante, la main de Pernelle s'assura ; lorsque le polissage lui parut suffisant, lorsque, passant son doigt sur l'arête, yeux clos, elle eut l'impression de caresser un galet, elle posa la gouge et se mit en devoir de faire chauffer de l'eau : Hermance apprécierait une infusion en rentrant !

Dans l'attente du retour de sa bienfaitrice, Pernelle se saisit du mortier, où elle avait broyé des coquillages. Sur une feuille de parchemin usagé elle appliqua de la gomme arabique, puis y versa le produit réduit en poudre et l'étala à l'aide d'une spatule.

— Et voilà une belle feuille abrasive toute neuve ! s'exclama-t-elle, satisfaite.

---

13. De là l'expression : « C'est une autre paire de manches. »

Enfin, volant chaque instant qu'elle pouvait dans sa journée, la jeune fille sortit la tablette d'ardoise de sa pochette et se consacra à l'écriture. Elle avait fait des progrès depuis qu'Enzo lui avait dispensé sa première leçon ; elle savait à présent calligraphier des mots entiers, ceux des personnes qui l'entouraient, mais aussi des saints patrons ou le vocabulaire du quotidien : eau, Seine, déchireur de nefs, porteuse d'eau, maison, châtelet, reclusoir, pont, fontaine, et faire de petites phrases... Lorsque Hermance l'envoyait sur le pont des libraires pour livrer des pièces d'os ou d'ivoire, elle s'attardait devant les vitrines, s'appliquant à déchiffrer tous les mots qui se présentaient à ses yeux. Puis, le jour de sa leçon, elle en référait à Enzo pour lui démontrer que, malgré son emploi du temps chargé, elle cherchait à mettre en pratique tout ce qu'il lui apprenait.

Hermance revint, transie de froid. L'automne nappait la Cité d'un nuage de brume en filoches. Pernelle, qui avait fait infuser de la menthe séchée, remplit deux godets du breuvage parfumé.

— Quelle senteur réconfortante ! apprécia la jeune femme tout en tendant ses mains vers la chaleur exquise de la cheminée.

Puis, s'installant, elle observa le travail de son assistante et la complimenta.

— Qu'allez-vous en faire ? demanda Pernelle, curieuse de connaître le sort de l'objet qu'elle avait participé à ébaucher.

Hermance chercha un dessin et, après avoir bu une gorgée de tisane, montra comment elle allait procéder :

— Pour commencer, je vais recopier le modèle que tu vois là sur l'os, ensuite je vais le graver et le ciseler.

Elle se saisit d'un outil et poursuivit :

— Ceci est une scie à chantourner, qui sert à faire des découpes. La pièce achevée sera polie à la meule d'émeri.

Soudain, toutes les cloches de la ville se mirent à sonner dans une fracassante volée, suspendant commentaires et gestes.

— Que se passe-t-il ? interrogea Hermance tout en se précipitant sur le seuil.

Dehors, les gens couraient, se congratulaient.

— Le couple royal a donné naissance à sa première fille : Claude ! Claude de France est née[14] !

Les deux jeunes femmes se mêlèrent à la foule en liesse, au point que Pernelle se mit en retard pour retourner à l'hospice. Mais on lui pardonnerait cette entorse au règlement, vu l'heureux événement !

---

14. Claude, fille de Louis XII et d'Anne de Bretagne, née le 13 octobre 1499, qui deviendra l'épouse de François Ier. Elle donnera son nom à une variété de mirabelle verte : la reine-Claude.

Sœur Marthe remuait le morteruel — soupe épaisse faite de pain et de lait — dans la grande marmite. Pernelle manifesta sa présence et s'excusa en donnant la raison de son retard.

— C'est un grand jour pour le royaume en effet ! Mais pour l'heure, père Magloire a demandé que tu le rejoignes dès ton retour.

Pernelle décela une certaine tristesse dans la voix et dans l'attitude de la religieuse.

— Quelque chose de grave est-il advenu ? questionna la jeune fille, soudain inquiète.

Sœur Marthe lui caressa la joue et répondit :

— Ce n'est pas à moi de te l'annoncer, alors va !

Une folle angoisse s'empara de la jeune pensionnaire, qui se hâta de rejoindre le bureau du père supérieur. Elle frappa. On l'invita à entrer.

De voir Séraphin dans la pièce ne l'étonna pas moins que d'y trouver le savant hollandais Érasme.

— Que se passe-t-il ? articula la jeune fille.

Père Magloire prit la parole :

— Longue vie à l'enfant royal... Il s'est passé bien des choses depuis ce matin ! Les savants médecins ont rendu leurs conclusions : selon eux, aucune médecine ne peut expliquer, ni ne pourra guérir le mal de Séraphin...

L'intéressé, qui avait l'air d'apprendre les choses en même temps que sa sœur, répliqua :

— Ça veut dire qu'on pourra affirmer que je suis enfant de sorcière ? Mais alors je serai rejeté de tous côtés, et maman restera en prison, voire pire, et notre maison...

Érasme posa une main ferme sur l'épaule du jeune homme pour le faire taire. Il prit la parole à son tour et expliqua :

— Je faisais partie du conseil des savants et voilà ce que je leur ai exposé : en Italie, les médecins sont en avance sur les vôtres car ils pratiquent des autopsies ! Je quitte moi-même Paris car les conditions de vie au collège Montaigu sont trop rudes pour ma santé et je dois me rendre à Venise. Les savants italiens pourraient peut-être expliquer d'où vient le mal de Séraphin, qui n'est sans doute dû qu'à un caprice de la nature... Je leur ai proposé de l'emmener avec moi afin que d'autres confrères l'examinent. Maître Chassanée, qui était également présent, a fait le reste : il en a demandé l'autorisation aux juges, parlé à votre mère, puis au père Magloire. Comme le coq n'a jamais couvé cet œuf, les juges ont consenti à cet examen.

Frère et sœur se harponnèrent du regard, hébétés par ces nouvelles aussi inattendues que confuses.

— Cela signifie-t-il que je vais partir en Italie ? demanda Séraphin, étourdi par ce rebondissement.

— Oui, répondit simplement père Magloire.

Il y eut un moment de silence consterné, comme si chacun tentait d'apprivoiser cette idée.

Pernelle réagit la première :

— Mais nous n'avons pas l'argent nécessaire à ce voyage !

Père Magloire, encore lui, répondit :

— Ton ami Enzo s'est proposé de le lui prêter...

Les larmes montèrent aux yeux de la jeune fille, elle ne put les réprimer. Les dés du destin, jetés le matin même, avaient roulé toute la journée sans qu'elle en ait soupçonné l'enjeu un seul instant... C'était bien plus extraordinaire que la naissance royale !

— Quand partirons-nous ? hasarda Séraphin.

Les pleurs de Pernelle cessèrent net : cette question ne lui était même pas venue à l'esprit tant elle avait été submergée de nouvelles.

— Lundi matin ; ainsi aurez-vous le temps de vous y préparer, répondit Érasme.

Père Magloire se leva, signifiant la fin de l'entrevue. Lorsqu'il eut refermé la porte derrière eux, Pernelle questionna le savant hollandais.

— Pourquoi faites-vous ça pour nous ? Vous ne nous connaissez pas !

Érasme lui sourit avant de répondre avec malice :

— Aurais-tu oublié, jeune fille, notre première rencontre dans une cour ? Ne t'avais-je pas dit alors que tu pouvais désormais compter deux amis au collège Montaigu ?... De fait, Enzo est venu me trouver pour me parler de votre malheur ;

considère que je ne fais rien de plus que de me trouver un compagnon de voyage !

Il fit encore quelques pas avant d'ajouter :

— En outre, je suis admiratif devant ta persévérance dans l'apprentissage de la lecture et de l'écriture, malgré ton emploi du temps chargé et les soucis qui vous accablent...

Elle ne répondit pas, mais elle débordait de reconnaissance... Et ce soir, elle demanderait la permission d'aller remercier personnellement Enzo, l'ami dans la joie — et dans la peine aussi.

Chapitre 5

Le tumulte des flots

25 octobre 1499, 9 heures

D ans la cour qui menait aux cuisines, là où elle avait eu l'habitude de croiser son frère jusqu'à son départ pour l'Italie, Pernelle rencontra sœur Agathe, encore captive du sommeil ; elle avait dû veiller toute la nuit pour surveiller la petite malade qu'elle tenait entre ses bras.

— Pourrais-tu emmener Irène à l'Hôtel-Dieu ? lui demanda la religieuse, inquiète.

Recueillie depuis peu par l'hospice, la petite orpheline toussait sans rémission et aucun remède préparé par frère Ignace ne l'avait apaisée ; les diarrhées étaient devenues chroniques, au point qu'une odeur de poulailler emplissait le dortoir. Les sœurs se relayaient au chevet de l'enfant pour la laver, la changer, mais également pour réciter des psaumes, prier, en espérant que Dieu, ajouté aux potions, guérirait l'enfant. Mais ce fut en vain et frère Ignace dut se résoudre à adresser Irène aux médecins de l'Hôtel-Dieu, comme il le faisait de coutume lorsqu'il se sentait impuissant.

Bien emmitouflé, le nourrisson changea de bras. Une pluie tenace tombait depuis la veille et, par bonheur, il y eut une éclaircie au moment où Pernelle et sa protégée quittèrent les lieux. Le vent fouettait les fumées s'échappant des cheminées, projetant leur odeur âcre dans les ruelles.

La jeune fille évita les abords de la Seine, battus par les eaux bouillonnantes, pensant à Séraphin, encore sur les routes avec Érasme, puisque le savant de Rotterdam avait annoncé une centaine de jours de voyage nécessaires pour atteindre Venise à pied. S'ils avaient la chance de trouver une place sur une charrette, cela écourterait leur périple ; s'ils marchaient d'un bon pas aussi.

La façade de la cathédrale Notre-Dame apparut et, à sa droite, bordant le petit bras de la Seine, l'hôpital des pauvres, la *Domus Dei*, la Maison de Dieu, « l'Hôtel-Dieu » comme avaient fini par le nommer les religieux qui l'administraient.

Prenant soin de tenir couverte la petite Irène, Pernelle s'engouffra dans la bâtisse.

Une religieuse les accueillit et les précéda dans un couloir où une statue de saint Luc, patron des médecins, semblait avoir été installée pour veiller sur un entassement de matériel usagé et de bassins malodorants déposés à ses pieds.

Elles arrivèrent dans une vaste salle où trois, voire quatre personnes gisaient dans un même lit. La religieuse les fit attendre près d'une table où s'empilaient les bassines et les brocs destinés à la toilette des malades, ainsi que des draps et des serviettes propres. Des râles, des plaintes, des pleurs, des gémissements se succédaient en une triste litanie.

La religieuse précéda le petit groupe jusqu'à une autre salle, plus petite, où s'alignaient quelques berceaux et, faute de place, de nombreux tiroirs, où deux à trois enfants dormaient ensemble ou pleuraient. Leur pénible respiration ponctuait le silence avec la constance d'un soufflet, rappelant à Pernelle les dernières heures de son père.

Père Amboise fit poser Irène sur la paillasse et la religieuse défit les pans de la couverture, puis les langes. Une odeur diarrhéique leur piqua les narines.

— Quels remèdes avez-vous déjà employés ? demanda le moine médecin tandis que la nonne lavait le siège de l'enfant.

— Tout ce que fait la création : du chardon béni en décoction dans du vin, de l'oignon amorti sous la braise, de la poudre de racine d'iris, du sirop de lierre, de la liqueur de fleurs de noyer, du sirop de baies, des chatons de noix séchés.

La religieuse mit des couches propres au nourrisson, qui se libéra d'une quinte de toux, tandis que le médecin donnait sa prescription à la religieuse.

— Dis à père Ignace que nous prendrons bien soin d'elle.

Remerciant le médecin, Pernelle fit demi-tour, allégée de sa charge. La porte couina comme une truie que l'on dérange et se referma sur elle dans un son mat de couvercle s'abattant sur un cercueil…

Pernelle n'avait fait que quelques pas lorsque, soudain, le pavé trembla sous ses pieds. Épouvantée elle se figea, le regard rivé au sol qui vibrait d'un roulis identique à celui du tonnerre, avant de craqueler ; les yeux exorbités par l'effroi, la jeune fille releva la tête et vit l'enfer ouvrir ses entrailles : le pont Notre-Dame se disloqua dans un fracas de fin du monde et s'écroula dans la Seine en engloutissant maisons, habitants, mais aussi les moulins et les flettes en contrebas, propulsés dans les airs puis emportés par les eaux bouillonnantes comme des fétus de paille. L'effondrement avait soulevé un tel nuage de poussière que l'air en fut tout obscurci.

Les habitants du quartier arrivaient, se pressaient sans égards aux abords du lieu du drame. Choquée, la jeune fille se laissa balloter telle une chiffe molle. S'étant éloignée, elle longea la Seine, où embarcations et objets surnageaient, s'entrechoquaient avec violence, fouettaient les berges avant de disparaître au fond du gouffre des eaux boueuses.

L'écho de la catastrophe avait fait le tour de la Cité et l'on accourait de toutes parts. On avait exceptionnellement tendu la chaîne entre le Louvre et la tour de Nesle pour faire barrage aux derniers vestiges du pont Notre-Dame, charriés sur toute la longueur du fleuve. Les lourds maillons retenaient les débris, qui parfois jaillissaient par-dessus le chapelet de tonneaux tant la force du courant était grande ; au-delà, des nefs de la prévôté repêchaient des cadavres. Les gens d'armes, accourus, installaient des barrières de sécurité et repoussaient la foule curieuse.

Pernelle réalisa que sa mère, enfermée dans son reclusoir, devait s'alarmer pour sa fille. Le cœur comme une enclume, la jeune fille se résolut à se diriger vers le cimetière des Saints-Innocents. Les rues étaient désertes, Paris avait vomi son peuple sur les rives du fleuve.

Rutebeuf croisa son amie, tout essoufflé et dégoulinant.

— Je me faisais du souci pour toi !

Pernelle lui prit la main en murmurant :

— Viens, allons rassurer ma mère.

L'effondrement du pont n'avait pas perturbé le rythme des leçons qu'Enzo prodiguait à Pernelle tous les mardis et jeudis soir; à présent qu'elle savait déchiffrer les mots, le jeune étudiant lui prêtait des livres, que son élève lisait, le soir à la chandelle, aux enfants de l'hospice.

Sire Coq désigné ayant boudé l'œuf à couver, l'avocat avait requis — grâce à ses arguments bien ficelés — que l'œuf soit brisé devant un comité de prêtres bardés de livres de messe et de crucifix — prêts à l'exorcisme — ainsi que quatre gens d'armes aguerris — prêts à trancher la tête d'un éventuel basilic. Effrayés par cette perspective, les juges avaient finalement préféré abandonner cette charge contre Richarde.

Il leur restait à espérer une issue favorable au voyage de Séraphin; ils avaient reçu une lettre d'Érasme leur faisant part de leur arrivée à Venise, mais aucun résultat des savants n'était annoncé pour l'heure. Portées par la solidarité de leurs fidèles soutiens, mère et fille restaient confiantes en l'avenir.

Père Magloire avait obtenu — sous son entière responsabilité — la libération exceptionnelle de Richarde pour un soir, le temps de fêter la natalité sous le toit de l'hospice de la Trinité. Que de chaleur dans leurs jours sombres!

Ainsi s'acheva la dernière année du siècle et s'ouvrit celle du nouveau: 1500. En définitive on ne passait pas d'un siècle à l'autre comme une page de livre que l'on tourne, mais en vivant au rythme des jours qui se succèdent, comme un pas que l'on met devant l'autre pour avancer, sans forcément savoir ce qui nous attend au bout du chemin...

Brouette en main, Hermance progressait aux côtés de Pernelle en direction du port Saint-Nicolas. La jeune fille leva les yeux vers le ciel : mars s'était installé avec ses averses et ses giboulées. Cinq mois s'étaient écoulés depuis le départ de Séraphin, presque un an à présent que Richarde était recluse, qu'elle-même était accueillie par l'hospice et qu'elle était au service d'Hermance.

La ciseleuse d'ivoire et son aide arrivèrent au pied du Louvre et descendirent sur la berge, là où accostaient les barges venant d'autres ports depuis l'embouchure du Havre, approvisionnant Paris de denrées que la cité ne pouvait produire, notamment les arbres de la mer[15] et l'ivoire. Hermance se fit emplir une panière de coquilles, dont la nacre servait au décor des coffrets précieux. Elle alla ensuite s'approvisionner en ivoire, dont l'incontournable Babin avait le monopole dans la capitale. En connaisseuse, la jeune femme détailla la marchandise : ivoire

---

15. Corail, ainsi appelé alors.

d'éléphant, mais aussi dents d'hippopotame, de porc sauvage, de narval ou de morse se laissaient apprécier par son œil avisé selon la destination de l'objet. L'imagière régla sa commande et entraîna Pernelle dans son sillage :

— Heureusement que la brouette[16] a été inventée ! soupira-t-elle.

— Voulez-vous que je m'en charge ?

Hermance fit une pause, se redressa en s'exclamant joyeusement :

— Pas la peine, je crois que nous avons trouvé notre portefaix !

En effet Rutebeuf avançait vers elles, tout enthousiaste. Il bavarda un instant, prit des nouvelles, mais s'excusa de les abandonner à leur sort : il était lui-même venu suivre l'arrivage des péniches, espérant être embauché au déchargement ; voyant un contremaître se présenter pour le recrutement, il lui fallait faire vite pour se placer au premier rang !

— Tant pis ! soupira encore Hermance avec son sourire désarmant.

Depuis qu'elle venait aider sa bienfaitrice, jamais Pernelle ne lui avait vu d'ami ou d'amoureux. Sans doute trop absorbée par son travail, elle avait atteint la trentaine sans avoir eu le temps de trouver un mari, ou alors, en femme

---

16. Le mot apparaît au XIVe siècle, du bas latin *birota*, « véhicule à deux roues », et ne se répand qu'au XVe siècle.

indépendante, n'avait-elle pas jugé utile de s'encombrer d'une vie au foyer ; la seule chose qui lui importait était de se pencher sur son établi et de ciseler l'ivoire, pas de préparer la soupe du mari ou s'occuper des lessives !

Revenues à l'atelier, les jeunes femmes vidèrent le chariot de sa précieuse cargaison, qu'Hermance rangea avec précaution dans la réserve fermée à clé.

Enfin, l'ivoirière enfila son tablier de travail, s'installa à l'endroit où était posé un aplat d'ivoire de morse destiné à orner un petit reliquaire et ajusta ses clouants pour se remettre à la tâche.

Pernelle prépara une infusion de camomille ; lorsque la tisane fut prête, elle en remplit deux godets puis en posa un à proximité d'Hermance. En attendant que le breuvage refroidisse, la jeune fille se mit en devoir de laver les coquilles d'ormeaux aux reflets irisés.

Enzo passa le seuil en s'annonçant par deux coups au battant de bois. L'instant de surprise passé, car il ne venait jamais troubler les lieux de sa présence, Pernelle nota l'air soucieux de son ami.

Bien qu'il ait salué aimablement, la jeune fille comprit que quelque chose le minait. Enzo s'adressa à Pernelle :

— Je venais te prévenir : ma mère est très malade, on vient de m'en avertir et je dois me rendre à son chevet.

L'annonce chagrina son amie, qui s'écria :

— Oh ! j'en suis désolée ! Quand pars-tu ?

— Dès demain.

— Quand reviendras-tu ?

— Je l'ignore.

La brusquerie de la nouvelle déstabilisa la jeune fille, qui jeta un regard affolé alentour : un départ ? Elle n'y aurait jamais songé, comme si leurs leçons, leurs conversations étaient devenues une évidence acquise.

Hermance, qui avait deviné le trouble de son assistante, lança :

— Allez donc faire un tour, les coquilles peuvent bien attendre…

Déroutée, Pernelle sortit en compagnie d'Enzo.

Les jeunes gens bavardèrent le temps du parcours à pied jusqu'au quai où la barque assurait le va-et-vient de passagers entre la rive droite et la rive gauche du petit bras de la Seine. En attendant la fin des travaux, les libraires s'étaient installés dans le Quartier latin.

— Quand je reviendrai, le pont sera peut-être achevé ! s'exclama le jeune homme en désignant le moignon en réfection.

Le bac, qui suppléait l'effondrement du pont en assurant les rotations régulières, faisait la navette entre les deux rives pour transporter les habitants ; il croisait les embarcations transportant tout ce qui était nécessaire à la reconstruction : tailleurs de pierre, charpentiers, maçons, couvreurs, ainsi que le matériel, dans un embouteillage confus.

— Tu m'écriras ? Tu me donneras de tes nouvelles ?

— Je n'y manquerai pas.

Elle hésita :

— Je ne sais pas si je pourrai te répondre…

Elle aurait voulu ajouter : « Parce que c'est trop cher ! »

Le jeune homme, qui semblait avoir compris, lui prit les deux mains. Ils se dévisagèrent un instant et la tristesse se lisait dans leurs regards.

— Tu vois, le destin rebat sans cesse les cartes sans souci de nos désirs ou de nos habitudes ! confia Enzo.

Pour cacher sa peine, elle tenta une plaisanterie :

— Tu es obligé de revenir, on te doit de l'argent !

Il lui sourit, puis les jeunes gens se saluèrent pudiquement avant de se quitter. En le voyant s'éloigner, Pernelle fut submergée par une sensation de vide absolu… Lui fallait-il perdre tous ceux qui lui étaient chers ?

Penchée sur son ardoise, la respiration en suspens, Pernelle s'appliquait à son exercice d'écriture. Un souffle d'air lui parvint et elle releva la tête ; sans crier gare, le souvenir d'Enzo s'imposa à sa mémoire comme s'il venait de prendre place à côté d'elle ; leurs cours, leurs rires complices, leur amitié, lui manquaient cruellement depuis un mois, depuis que son ami avait quitté la Cité ! Son esprit s'évada et elle l'imagina à Florence, vêtu autrement qu'en capet ; il devait sans doute porter des vêtements de soie et de velours, des bottes confortables, et l'un de ces luxueux couvre-chefs identique à ceux que portaient les riches bourgeois de Paris. Elle tenta d'imaginer à quoi pouvait ressembler sa maison — il ne l'avait jamais décrite —, sa mère, couchée dans des draps de fine dentelle, son père, richement paré de brocart et vendant ses bijoux... Pernelle réfléchit, se demandant comment un jeune homme de la condition d'Enzo pouvait voir en elle autre chose qu'une porteuse d'eau sans instruction. Elle soupira de déplaisir et, s'arrachant à ces tristes rêves, elle se remit à l'ouvrage : au moins, lorsqu'il reviendrait, serait-il fier de voir que son élève n'avait pas abandonné, qu'elle avait progressé...

On entra dans l'atelier. Pensant qu'il s'agissait d'Hermance, et ses corvées étant achevées, la jeune fille ne releva pas la tête.

On salua. La voix masculine la fit se redresser d'un coup et, très respectueusement, elle rendit à l'homme son salut.

— Je voudrais voir une certaine Pernelle, qui travaille pour Hermance.

L'instant de stupeur passé, la jeune fille sourit : cet accent chantonnant était identique à celui d'Enzo !

Lorsqu'elle se fut identifiée comme étant celle que cet inconnu cherchait, celui-ci ouvrit une sacoche de cuir, en sortit un pli scellé :

— On m'a demandé de te remettre cette missive et on m'a dit que je te trouverais ici...

Hermance pénétra dans l'atelier au moment où l'étranger prenait congé.

Voyant la lettre dans la main de Pernelle, la ciseleuse d'ivoire s'approcha de son assistante.

Pernelle fixait le pli, impressionnée, car jamais personne ne lui avait envoyé de lettre.

— Eh bien, qu'attends-tu pour l'ouvrir ? implora Hermance, impatiente.

La jeune fille plia en deux le papier pour faire éclater le cachet de cire, puis en écarta fébrilement les pans avant de lire la lettre. Elle tressauta, trembla, s'interrompit, reprit sa lecture.

— Alors ? insista Hermance, suspendue à ses lèvres.

— C'est une lettre d'Érasme !

Pernelle se concentra à nouveau sur le document et l'on voyait ses prunelles courir avec fièvre sous ses paupières baissées. Son souffle s'accélérait, la nervosité la gagnait alors qu'elle progressait dans sa lecture.

Hermance attendit, fébrile, avant de bousculer son aide.

— Que dit-il ? Continue, pour l'amour du ciel !

Les yeux de Pernelle parcouraient les lignes, y revenaient, au point qu'Hermance faillit lui arracher la missive des mains et la lire elle-même.

Pernelle annonça :

— Il dit que Séraphin a été vu par des médecins qui pratiquent d'ordinaire des autopsies. Ils demandent, pour approfondir leurs recherches, à voir l'un des membres de la famille pour faire des comparaisons et finaliser leur étude...

Hermance réfléchit à voix haute :

— Ta mère est en prison, jamais le tribunal ne l'autorisera à partir... Il ne reste que toi...

Pernelle releva des yeux écarquillés sur sa bienfaitrice avant de répondre d'une voix étranglée :

— Moi ? Mais comment irais-je seule à Venise alors que je ne parle même pas leur langue ?

Hermance fixa sa jeune assistante puis lui retira la lettre des mains en l'interrogeant :

— Il donne bien une adresse, tout de même !

Elle parcourut rapidement les lignes jusqu'à trouver ce qu'elle cherchait :

« Aldo Manuzio, Calle del Pistor, à l'enseigne de l'ancre et du dauphin. »

Pernelle restait abasourdie, comme le jour où le sol avait tremblé sous ses pas. Hermance la poussa vers la sortie et décida :

— Laisse ton ouvrage et va apporter la nouvelle à ta mère ; pour ma part je vais trouver l'avocat, il saura nous conseiller.

— Maître Chassanée ?

Hermance referma la porte de l'atelier derrière elles et la pria :

— Oui… Allez, va !

Pernelle se mit à courir, l'esprit en tempête… Un sentiment étrange perçait ses ténèbres : la certitude que le destin, une fois encore, avait décidé de bousculer sa vie.

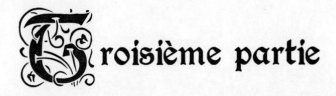

Troisième partie

Chapitre 1

La Sérénissime

Juin 1500

Les coquelicots grêlaient les champs de leurs corolles de sang ; deux mois s'étaient écoulés depuis que Pernelle avait quitté Paris et elle avait encore du mal à réaliser le tourbillon qui l'avait emportée : soutenu par Hermance et sœur Marthe, maître Barthélémy Chassanée avait obtenu pour la jeune fille l'autorisation de partir pour Venise à condition d'avoir un chaperon et quelque argent pour subvenir aux dépenses du voyage.

Rutebeuf s'était présenté spontanément pour être son compagnon de route mais, si la mère du jeune homme n'avait opposé aucune objection, il s'était heurté aux réticences de père Magloire, qui ne voyait pas dans cet esprit simple un garant de voyage fiable.

Il avait fallu toute la persuasion de ceux qui le connaissaient bien, Pernelle en tête, pour convaincre le supérieur de l'hospice que le jeune homme était davantage handicapé par son physique ingrat que par son esprit. Certes, il était rugueux, tant de forme que de manières ; mais pouvait-il en être autrement lorsque, depuis tout petit, il était raillé, houspillé et bousculé par des garnements lui cherchant querelle ? N'était-il pas légitime qu'il se défende avec sa force rêche ? Rutebeuf, qui avait déclaré avoir atteint l'âge de dix-sept ans, serait son porteur de bagages durant les longues marches à pied, le gardien de leur pécule, son rempart quotidien face à l'inconnu, et non un danger pour elle.

Antoine Vérard pourvut de façon inespérée à la somme nécessaire aux dépenses du voyage : Hermance avait réussi à convaincre l'imprimeur-libraire qu'il pouvait profiter avantageusement du périple de Pernelle à Venise ; ainsi confia-t-il à la jeune fille une série de manuscrits enluminés sortis de son atelier, avec pour mission de les vendre sur place et de lui faire une réputation. Il alloua à Pernelle une somme pour couvrir leurs frais et il la chargea d'acheter un ou plusieurs exemplaires imprimés à Venise avec le fruit des bénéfices de la vente des livres.

Avec l'assurance que sœur Marthe, sœur Agathe, Hermance, et même maître Chassanée se relaieraient pour prendre soin de Richarde en l'absence de la jeune fille, Pernelle et Rutebeuf s'étaient retrouvés sur les routes de France.

Si le voyage avait été long et pénible — les jeunes gens avaient beaucoup marché par les chemins pierreux —, le temps avait été clément et ils avaient pu dormir à la belle étoile, traverser des villes bruyantes pour faire quelques provisions de nourriture, des campagnes silencieuses, des ruisseaux rafraîchissants au bord desquels ils avaient fait halte. Contre une assiette pleine à la table d'un paysan, au gré de leur périple, Rutebeuf garnissait les provisions d'eau ou de bois. Lorsque le temps tournait à l'orage et qu'ils n'avaient pas trouvé de grange où s'abriter, le jeune homme préparait un abri de branches feuillues. Gare si on cherchait à les quereller ! Rutebeuf se redressait alors, montrant ses muscles noueux et son visage carré, son cou de taureau, ses épaules larges. Ajouté d'un sourcil froncé et d'une bouche étrécie, le roc suffisait à décourager les plus téméraires. Les paysages déclinaient toutes leurs splendeurs sous leurs yeux, les patois tous leurs accents…

Bientôt, si la campagne déroulait un tapis identique sous leurs pieds, ils se perdirent dans une langue nouvelle : ils étaient en Italie !

Les jeunes gens furent soudain confrontés à un écueil incontournable, non celui de la générosité — car les paysans ou les commerçants étaient aimables avec eux — mais celui de la langue. Malgré toutes les fatigues et toutes les contraintes du voyage, ils se régalaient de tant de nouveauté…

Pernelle et Rutebeuf furent subjugués par leur entrée à Venise; oui, *la Mirabiglia*, « la Merveille », méritait bien son nom. Les maisons plongeaient leurs pieds dans l'eau; des barques à rame unique, les unes plus luxueuses que les autres, glissaient sur les rues fluides : il en était de toutes les couleurs, décorées comme des églises, et menant leur propriétaire tel un carrosse. Le nautonier, qui maniait la rame avec dextérité, était tout aussi pompeusement vêtu. Des fanions, arborant les armoiries de leurs heureux propriétaires, flottaient au vent. On se serait cru à mardi gras[17]!

Partout où les jeunes Français posaient le regard l'émerveillement était à son comble : on s'habillait de toutes les manières, on parlait toutes les langues, on goûtait à toutes les cuisines, on faisait circuler des monnaies inconnues.

Pernelle tira Rutebeuf à l'ombre d'un balcon.

— Redis-moi le nom, et aussi la rue !

Son compagnon de voyage, qui avait la lourde charge de la besace contenant le fruit de leur mission, extirpa la lettre du sac.

Pernelle héla un passant, lui montra l'adresse écrite des mains d'Érasme en la pointant du doigt. L'homme tenta de donner des explications en

---

17. Il s'agit des gondoles. La couleur noire fut imposée par décret en 1562, pour mettre un terme à cette surenchère de luxe qui frisait souvent le ridicule.

mauvais français et à grands renforts de gestes : il fallait tourner, monter, redescendre, tourner encore.

Les jeunes gens suivirent les instructions confuses, se perdirent mille fois dans cette folle mêlée où se bousculaient des gens de toutes les nations. Ils comprirent très vite qu'il ne leur était point besoin de répéter toute l'adresse inscrite sur la lettre d'Érasme : il suffisait de répéter « *Manuzio* » pour qu'on leur indiquât la direction à prendre.

Après maints détours ils arrivèrent devant une maison dotée d'une enseigne mêlant une ancre et un dauphin, emblème au-dessus duquel Pernelle put déchiffrer : « *Festina lente* ».

Un homme sortit de la bâtisse pour les accueillir et, reconnaissant en lui le savant Érasme, autrement vêtu qu'en capet, Pernelle souffla de soulagement : enfin ils étaient arrivés ! Ils se saluèrent.

— Nous sommes chez un marin ? demanda Rutebeuf, en désignant l'enseigne d'un doigt pointé.

— Non ! Vous êtes arrivés chez Aldo Manuzio, l'imprimeur, un ami au service duquel je suis actuellement. « *Festina lente* » signifie « hâte-toi lentement », répondit calmement le savant hollandais comme s'il les avait quittés la veille.

Pernelle l'interrogea à son tour :

— Avez-vous reçu la lettre de maître Chassanée vous annonçant notre venue ?

Érasme approuva d'un signe de tête :

— Bien sûr, sinon je ne vous guetterais pas d'un jour à l'autre ! Mais venez, entrez !

— Et Séraphin ? Où est-il ?

— Chaque chose en son temps, jeune fille ! répondit l'homme.

Il se ravisa au moment de franchir le seuil et, indiquant une pancarte rédigée en latin, bien visible sur le mur extérieur, il traduisit :

« *Qui que vous soyez, Aldo vous prie avec les plus vives instances, si vous désirez lui demander quelque chose, de le faire très brièvement, et de vous retirer aussitôt.* »

Puis il commenta :

— Je vous mets en garde : *il Manuzio* n'aime pas être dérangé et il explique ici, par ces quelques mots, qu'il n'a pas de temps à perdre avec les visites de courtoisie. Alors, soyez brefs et discrets en toute circonstance.

Puis, à l'attention de Pernelle :

— Tu lui confieras les ouvrages de maître Vérard lorsque je jugerai le moment opportun, pas avant.

Il attendit l'approbation des jeunes gens avant de les précéder à l'intérieur de la maison où s'étalait de plain-pied un atelier grouillant d'activité : tandis qu'aides et employés couraient en tous sens comme s'il s'agissait du dernier jour de leur vie, un autre groupe, plus silencieux et bien mis, clouants sur le nez, était attablé devant une pile de manuscrits.

— Ce sont des érudits qui lisent des ouvrages anciens ou corrigent des épreuves de grec, chuchota Érasme.

Le savant fit signe d'attendre aux jeunes visiteurs et, s'approchant d'un homme en pleine concentration, lui murmura quelques mots à l'oreille. L'inconnu se tourna et fit signe à Pernelle et à Rutebeuf de s'avancer. Érasme se chargea des présentations puis, s'adressant à la jeune fille :

— J'avais expliqué votre situation à mon ami Aldo Manuzio, qui dirige cette imprimerie, avant de vous écrire pour vous demander de venir. Séraphin est pour l'heure entre les mains des savants médecins et je t'accompagnerai demain auprès de lui. Le temps qu'ils aient étudié ton cas et qu'ensuite leurs conclusions soient rendues, il est impensable de vous laisser divaguer par les rues ; ainsi, Manuzio accepte de vous héberger et de vous employer, toi et ton ami, le temps de votre séjour à Venise ; les bras manquent toujours ici !

Pernelle regarda autour d'elle, des étoiles plein les yeux :

— Vous voulez dire que je vais être aide-imprimeur ?

Érasme émit un petit rire sonore :

— Tout de même pas, jeune fille, d'autant que tu ne parles pas la langue italienne. Tu seras employée à des tâches ménagères et Rutebeuf aidera là où le besoin s'en fera sentir, en attendant de voir comment nous allons organiser votre retour en France.

Pernelle posa le regard sur les ouvriers en ébullition, puis sur le désordre ambiant : amas de vieux chiffons graisseux jetés çà et là, caisses éventrées, déchets jetés pêle-mêle, encre renversée, qui bavait ou dégoulinait le long des parois. La presse, imposante, trônait dans un coin.

L'œil fébrilement happé partout où l'on faisait quelque chose, Aldo Manuzio s'éloigna sans plus s'occuper des nouveau-venus. Pernelle confia les ouvrages d'Antoine Vérard à Érasme, qui lui demanda :

— En ce moment Leonardo da Vinci séjourne à Venise ; as-tu déjà entendu parler de lui ?

Elle haussa les épaules :

— Je crois qu'Enzo m'en a déjà parlé ; n'est-ce pas un peintre ?

— Leonardo est plus qu'un peintre ! Ici en Italie on le décrit comme l'homme le plus talentueux de notre époque, et pas seulement en peinture... Mais passons ! Sais-tu que Leonardo, avant d'être le génie qu'il est devenu, a été employé dans l'atelier de Verrocchio où on l'a assigné, non pas à la peinture, mais au nettoyage des pinceaux et autres menus travaux d'apprenti ?

Pernelle haussa à nouveau les épaules :

— Quel rapport avec moi ? Je ne suis pas peintre !

Érasme lui sourit avec malice et, baissant la voix, poursuivit :

— … Ses corvées, ajoutées à un œil toujours en éveil, lui ont permis de s'initier aux techniques pratiquées par le grand maître, les préparations de couleurs, le dessin, le menant au sommet de son art sans que pour autant il ait jamais fait d'études universitaires…

Pernelle réfléchit : cela correspondait tout à fait à son année passée chez Hermance. À force d'observation, l'humble aide au ménage avait peu à peu acquis quelques notions de travail propres à la sculpture sur ivoire et sur os et, à aider ici et là, s'était familiarisée avec les principes de base du métier. Elle sourit, forte de sa réponse :

— Vous pouvez dire à votre ami que nous sommes très heureux d'accepter.

— C'est déjà fait et il eût été fâcheux que tu ne sois pas d'accord ! répondit malicieusement Érasme.

Une femme entra, avec laquelle l'homme de Lettres s'entretint avant de faire signe à Pernelle et à Rutebeuf de s'approcher :

— Voici Maria, la femme d'Aldo Manuzio ; elle vous indiquera à l'un et à l'autre ce que vous aurez à faire…

Laissant les jeunes gens aux bons soins de leur hôtesse, il alla lui-même rejoindre les autres lecteurs à la table de travail.

Rutebeuf demanda, tout penaud :

— Comment va-t-on comprendre ce qu'on nous dit ?

— Enzo m'a appris à dire *Grazie* et *Ciao* ! Ce sera un début !

La femme face à elle répéta : « *Grazie e ciao* ! » et une fillette, qui s'était approchée, se mit à rire en singeant : « *Grazie e ciao ciao ciao.* »

La fébrilité de retrouver son frère, la nouveauté de la situation, ses questionnements intérieurs, avaient tenu Pernelle éloignée du sommeil une bonne partie de la nuit ; ainsi, lorsque Érasme arriva pour la chercher et la mener devant le collège de médecins chargés d'étudier son cas, la jeune fille était prête. Rutebeuf émit le désir de les suivre, mais on l'en détourna contre la promesse qu'il retrouverait Séraphin plus tard.

Pernelle quitta l'imprimerie avec le savant hollandais. Une lumière vive se projetait sur les murs ocre de la cité lagunaire encore chaussés de brume, le ciel était d'un bleu limpide.

— Nous allons traverser le sestier de San Polo...

— Un *sestier* ? Qu'est-ce qu'un *sestier* ? questionna la jeune fille.

— Venise est découpée en six quartiers ou *sestiers*.

Pernelle resta en retrait, le temps de laisser le passage à un groupe d'enfants turbulents, puis reprit sa place à la droite d'Érasme.

Ils longèrent le canal et parvinrent devant un édifice à ce point somptueux que Pernelle en eut le souffle coupé. Érasme confirma :

— Nous voici arrivés.

L'ébahissement de la jeune fille était à son comble : Érasme lui avait dit qu'ils allaient retrouver Séraphin dans un hospice, et elle avait en tête une bâtisse à l'image de l'Hôtel-Dieu de Paris, ou celui de la Trinité. Celui dont il était question ici écrasait le visiteur par son faste, au point qu'elle se sentit pitoyable malgré la robe propre que lui avait prêtée une servante de Maria et qui, quelques instants plus tôt, l'avait rendue fière.

Étranger aux états d'âme de sa protégée, et lui-même ne se souciant pas de la sobriété de son propre vêtement, Érasme ouvrit la marche : ils pénétrèrent dans le bâtiment par une porte monumentale et se trouvèrent dans une vaste salle pavée de marbre ; fresques, sculptures se succédaient à en décrocher les yeux d'émerveillement.

Érasme expliqua :

— Nous nous trouvons dans *la Scuola Grande di San Rocco*, qui est une confrérie laïque ; elle a été fondée pour lutter contre les épidémies de peste mais, en dehors, elle consacre ses fonds à d'autres causes.

Intimidée, pour ne pas dire paralysée par la peur, Pernelle entra à la traîne d'Érasme dans une pièce où l'attendait un groupe d'hommes bien mis et installés autour d'une grande table. Ils devisaient entre eux à voix feutrée et l'on discernait leurs manières raffinées dans leurs intonations discrètes. Le regard de Pernelle était à ce point égaré qu'elle mit un temps à reconnaître celui qui se levait de sa chaise. Séraphin! C'était bien lui! Plus corpulent, mais bien lui! Elle se jeta sans retenue dans ses bras et frère et sœur s'étreignirent avec force et émotion, pleurant et riant de s'être enfin retrouvés!

Après les avoir laissés goûter à cet instant de grâce, Érasme toussota et prit la parole.

— Voici réunis tous les médecins qui ont étudié le cas de ton frère. Ils sont ici pour faire connaissance avec toi ; prends place et n'aie aucune inquiétude car ils vont simplement te poser des questions ; je suis présent pour en assurer la bonne traduction. Les jours à venir, tu seras appelée par chaque savant séparément, qui étudiera indépendamment ton cas et donnera son avis. Pour finir, les docteurs se réuniront à nouveau en ce lieu pour échanger leurs constats et rendre une conclusion commune ; ceci fait, vous pourrez retourner en France avec le précieux document.

Voyant l'inquiétude voiler les yeux de sa sœur, Séraphin ajouta :

— Ça ne fait pas mal, ils ne font qu'ausculter et regarder tes yeux avec des loupes et d'autres instruments bizarres.

Pernelle se tourna vers Érasme après avoir balayé les murs et le plafond d'un regard rembruni :

— Ce n'est pas ça qui me chagrine ; tout cela va coûter de l'argent, beaucoup d'argent ; et une fois les médecins payés, où trouverons-nous de quoi retourner en France ?

Érasme lui posa une main fraternelle sur l'épaule :

— Ne te laisse pas impressionner par le faste du lieu, qui ne sert qu'à leurs réunions. Chaque médecin travaille plus modestement dans une université, comme maître Pierre Rosée, ou dans un hospice. *Il Manuzio*, qui vous embauche tous les trois, vous versera un salaire…

Mais Pernelle n'en avait pas fini avec son bouillonnement intérieur.

— Et si ces savants concluent que…

Elle n'osa pas terminer sa phrase.

Érasme lui confia :

— Sais-tu qu'Alexandre le Grand avait un œil noir et l'autre bleu-vert ? Et personne ne voit aucun maléfice ayant pu influer sur sa vie ou sur son œuvre. Mais assieds-toi et ne faisons plus attendre les docteurs, leur temps est précieux…

Pernelle prit place et l'interrogatoire commença. Sans ordre établi, les médecins lui posaient des questions, dont ils consignaient les réponses sur les documents étalés devant eux. Au grand étonnement de Pernelle, on lui demanda des détails sur leur maison, son emplacement dans la cité, leur manière de vivre, de dormir, de se nourrir ; on l'interrogea sur son enfance, son métier, son intimité, autant de choses qui lui paraissaient tellement éloignées de ce que pouvait être la couleur de ses yeux.

La consultation d'approche, qui avait duré toute la matinée, prit fin lorsque la cloche du lieu sonna douze coups.

Accompagnés d'Érasme, frère et sœur quittèrent le palais.

Chapitre 2

« Je travaille ! »

L'imprimerie d'Aldo Manuzio employait une trentaine de personnes à plein temps : maîtres qualifiés, apprentis, manœuvres, domestiques, mais aussi des érudits, tel Érasme, chargés de contrôler les épreuves, de débattre à propos de leur contenu. Toutes les étapes de création du livre étaient assurées dans les ateliers de Manuzio, de la fabrication de l'encre à la reliure. Le *Maestro*, comme on l'appelait, faisait également ciseler des caractères d'imprimerie inédits, pour son propre compte. Tout ce petit monde, à pied d'œuvre dès le chant du coq, ça remuait la maison de fond en comble ! Pour plus de commodité − car ici on travaillait jour et nuit −, certains ouvriers étaient logés dans un espace situé entre l'étage supérieur et l'atelier, une sorte de pièce intermédiaire constituée d'un seul plancher maintenu par des poutres qu'ils nommaient *mezzanino*[18]. Les autres arrivaient de l'extérieur pour leur prise de poste et rentraient chez eux à l'issue de leur journée de travail.

Aldo menait sa *casa*, comme il la nommait, d'une main de fer mais n'exigeait rien des autres qu'il n'accomplissait lui-même : il poussait les employés aux limites de la fatigue tandis qu'il réfléchissait, composait, expérimentait, au point que, disait-on, il n'avait pas le temps de se gratter une oreille. Lorsqu'il se concentrait sur une idée nouvelle, il ne fallait en aucun cas le distraire sous peine de s'attirer ses foudres. Lorsqu'on entendait « je travaille », on avait intérêt à faire silence et à raser les murs !

Rutebeuf avait d'emblée conquis le cœur de tous les employés. Toujours à l'ouvrage, accomplissant toutes les tâches qu'on lui demandait d'exécuter au regard de sa force, ne se plaignant jamais, il n'avait qu'un défaut, aux dires de Maria : son appétit de dragon ! Il raffolait notamment de *la pasta*, cuisinée de toutes les manières.

Séraphin pour sa part était devenu *il factotum*, noble mot qui signifiait de fait « homme à tout faire », un pion que l'on déplaçait là où l'urgence se faisait sentir : fabrication de l'encre, transport de livres, assemblage de feuillets, courses diverses dans la cité lagunaire, rangement, le tout accompagné de gronderies souvent appuyées car

---

18. D'où en français le mot « mezzanine ».

le novice qu'il était n'était jamais assez rapide ou précis.

Pernelle elle aussi avait trouvé sa place dans la maisonnée car, rompue à la vie rude et aux jours gris, elle aidait à la cuisine et à toutes les tâches ménagères sans jamais rechigner. Maria, la patronne, avait pris *la Francesina*, « la petite Française », en sympathie et se plaisait à apprendre quelques rudiments de français en sa compagnie, langue qui était de très bon goût à Venise ; mais la prendre en sympathie ne signifiait nullement la gratifier d'un régime de faveur et Pernelle vaquait comme les autres à ses tâches quotidiennes. Certes, elle aurait voulu s'attarder près de la table de composition où Fortunato, l'ouvrier spécialisé de Manuzio, préparait le texte à imprimer, elle aurait aimé voir comment on fabrique les encres, de quelle manière on assemble les livres. Mais aider à la cuisine, à la lessive, au repassage, au rangement, au reprisage, absorbait tout son temps et toute son énergie. Elle jetait bien une œillade intéressée ici et là lorsqu'elle remplissait les godets des ouvriers, qu'elle ramassait les chiffons graisseux ou tachés d'encre ou qu'elle rangeait le contenu des cartons éventrés mais, craignant de se faire gronder par Maria ou par Manuzio, et de cette manière faire honte à Érasme, auquel ils devaient d'être là, elle restait discrète autant qu'elle le pouvait et faisait ce qu'on lui ordonnait sans jamais rien demander.

Penser que vivre sous le toit d'un imprimeur lui aurait permis de lire fut également une déconvenue : les manuscrits étudiés par les savants étaient rédigés en langue étrangère, notamment en grec ou en latin, et il n'était pas question d'y toucher ! Alors, lorsqu'elle le pouvait, et pour combler sa soif de lecture et d'écriture, Pernelle ramassait les ratés d'impression, feuillets que les ouvriers escamotaient dans un coin pour ne pas s'attirer les foudres du *Maestro*, lequel pestait contre le gaspillage.

Le mois de juillet s'écoula ainsi, doux et chaud. Depuis son arrivée à Venise, Pernelle avait été vue par chaque médecin destiné à rendre son avis sur l'énigme des yeux de Séraphin et — son frère avait dit vrai — elle n'avait ressenti aucune douleur ; l'examen des yeux se faisait à l'aide de lumières plus ou moins puissantes, les mesures avec de simples instruments gradués, les tests de vue par la lecture de lettres plus ou moins grandes, la reconnaissance d'objets les plus divers. Se rendre régulièrement à tous ces rendez-vous durant quinze jours avait permis à Pernelle de sillonner la cité lagunaire, d'en apprivoiser les rues, les échoppes et de se repérer dans l'espace. Il ne leur restait plus qu'à attendre la conclusion des savants.

Pernelle monta à l'étage et commença à défaire les lits du *mezzanino* ; Pietro et Marco, deux des ouvriers de Manuzio, dormaient encore. Ils avaient répandu l'encre à foison sur les planches de composition jusque fort tard dans la nuit avant de laisser la presse à leurs compagnons de jour : on travaillait par poste, on dormait à tour de rôle, on se prêtait les lits, que chacun saccageait de graisse ou d'encre. Il y en avait trop pour les changer en une fois et les femmes les remplaçaient quatre par quatre. Les épais draps de lin portés au lavoir et séchés dans l'arrière-cour serviraient aux quatre lits suivants lorsque leur tour viendrait.

Les femmes, moins nombreuses, dormaient dans une soupente étouffante de chaleur et faisaient leur toilette dans un réduit protégé des regards par une toile tendue. Chose extraordinaire, l'imprimerie possédait une fosse d'aisance, ce qui avait émerveillé Pernelle et Rutebeuf dès leur arrivée.

La jeune fille changea les draps en faisant le moins de bruit possible pour ne pas recevoir à la tête un sabot de Pietro, toujours susceptible lorsque l'on troublait son sommeil.

— *Pernella ! Pernella !*

Reconnaissant la voix de Maria, elle se précipita, faisant malencontreusement tomber une bassine au passage. Elle dévala l'échelle, se baissant à temps pour éviter le sabot de Pietro, escorté d'une profusion de jurons ensommeillés !

— Dégage de là avec ta bourrique et tes livres mal façonnés ! cria l'un des aides en brandissant un bâton pour chasser un colporteur de livres, tandis que Érasme patientait, un verre d'eau à la main.

Timidement, Pernelle s'approcha de lui, les yeux fixés sur le document qu'il avait posé sur la table et qui renfermait toute leur joie ou leur complète désillusion : le compte-rendu des médecins.

Alerté, Séraphin arrivait aussi. Il était talonné par Rutebeuf ; sans doute ne l'avait-on pas autorisé à quitter sa tâche, mais le destin de ses amis valait bien toutes les remontrances !

Lorsqu'ils furent tous trois alignés devant lui, Érasme résuma :

— Aucun savant n'a su dire avec certitude d'où vient cette particularité qui fait que la nature attribue à un être deux yeux de couleurs différentes mais ils affirment que cela n'est rien, que parfois des chiens ou des chats peuvent avoir deux pupilles de couleurs contraires sans qu'ils aient une tare ; ils en ont conclu que cela n'a aucun lien avec la sorcellerie !

Frère et sœur se jetèrent dans les bras l'un de l'autre, soulagés par l'issue heureuse de ce voyage qui allait définitivement disculper leur mère.

On entendit un « je travaille ! » agacé : leurs éclats de voix avaient déconcentré le *Maestro* ! Leur effervescence bâillonnée, chacun regagna silencieusement son poste. Ils en parleraient, plus tard, mais le bonheur était acquis !

Le repas pris, la vaisselle rangée, leur travail terminé, les trois jeunes gens sortirent prendre l'air.

— Quand est-ce qu'on retourne à Paris ? réclama abruptement Rutebeuf, qui avait appris à dompter sa fougue pour ne pas subir les réprimandes de Manuzio.

Séraphin fixa le profil des barques, qu'éclairaient à peine les lampions des rues, et répondit, désappointé :

— Pas dans l'immédiat, j'en ai bien peur ! Tout l'argent économisé suffit à peine à payer les savants et il ne reste rien pour rentrer chez nous !

Ils marchèrent jusqu'au *Canal Grande*, le Grand Canal, qui séparait la cité de Venise en son milieu, laissant trois sestiers sur chaque rive.

Pernelle prit la parole, s'adressant davantage à son frère qu'à son ami.

— Puisque nous sommes contraints de rester encore à Venise le temps de rassembler l'argent du retour, profitons-en pour bien apprendre l'italien et un tas d'autres choses ! Le destin, sous des aspects que nous n'attendions pas, nous a offert la chance de travailler pour le prince des imprimeurs. Dans son atelier, ça fourmille d'idées nouvelles, on y croise des savants du monde entier.

— Tu ne prétends tout de même pas devenir savante ? questionna Séraphin, hébété.

— Mais non ! Pour l'heure, comme l'a proposé Érasme, envoyons le document établi par les savants italiens à maître Chassanée, qui s'occupera de faire libérer notre mère sans tarder et de récupérer notre maison.

Un groupe de jeunes gens tapageurs croisa leur chemin, marquant un intermède dans leur conversation. Lorsque les cris de la joyeuse troupe se furent perdus au détour d'une rue, Pernelle reprit :

— Quelle sera notre vie lorsque nous rentrerons à Paris ? Tu vas reprendre ta vie de déchireur de nefs et moi mon travail de porteuse d'eau ? J'ai tellement envie de profiter de la chance qui nous tend les bras ici : apprendre des choses qui nous permettront peut-être de vivre mieux une fois rentrés...

Rutebeuf, qui n'était pas certain d'avoir tout compris, demanda :

— Tu veux dire que tu voudrais rester ?

— Oui... quelques mois, seulement quelques mois !

Rutebeuf gloussa de bonheur et lâcha :

— Tu veux apprendre l'italien parce que tu aimes Enzo, hein ?

Pernelle rougit de confusion :

— Mais non ! Que dis-tu là !...

Séraphin était ailleurs ; il lâcha, moins enthousiaste :

— Et maman ? As-tu pensé à elle ?

Pernelle attrapa la main de son frère et répondit, tout émue :

— Bien sûr que maman me manque, et cette longue séparation est une épreuve ; mais une mère ne peut exiger d'avoir ses enfants près d'elle si l'occasion leur est offerte de s'assurer un avenir meilleur. Te souviens-tu de ce qu'elle m'avait dit un soir ? « Accomplis ce qui n'a pas été à notre portée. » Maman était fière en me voyant apprendre à lire et je suis certaine qu'elle sera d'accord.

Elle resta suspendue à l'avis de Séraphin. Il finit par céder :

— C'est vrai que l'imprimerie a besoin de bras, et nous ne rechignons pas à la tâche ; mais avant, demandons son avis à notre mère, nous ne pouvons rien faire sans son accord. Nous rentrerons en France dès que nous aurons économisé l'argent nécessaire au voyage.

Les gloussements de joie de Rutebeuf couronnèrent la décision : ils étaient tous d'accord !

Ils reprirent leur marche. Séraphin s'approcha de Pernelle, se pencha vers elle, taquin :

— C'est vrai que tu es amoureuse d'Enzo ?

— Enzo est retourné chez lui, et je pense qu'une jolie Florentine de bonne famille aura ravi son cœur ; il doit même nous avoir complètement oubliés !

Elle rougit dans l'obscurité car elle espérait tout le contraire ! Enzo... comme il lui manquait ! Voilà des mois qu'elle ne l'avait pas vu mais il était présent dans chacune de ses pensées, dans chacun de ses gestes du quotidien, comme s'il l'avait modelée à force de lui apprendre des choses nouvelles. Mais le reverrait-elle seulement ? Il avait quitté Paris et nul ne savait s'il y reviendrait. Après tout, *Firenze* était italien, pas français. En outre, les conditions dures du collège Montaigu ne devaient pas lui manquer… et une porteuse d'eau encore moins !

Plusieurs mois s'étaient écoulés depuis leur arrivée à Venise. Forts de l'autorisation de leur mère, les jeunes gens étaient restés dans la Cité des Doges, avec la certitude que Richarde avait été libérée ; forts aussi de savoir que ces mois passés dans l'atelier de Manuzio seraient profitables à leur avenir.

Rutebeuf avait chargé le chariot-coffre capitonné de livres précieux, bien alignés et protégés les uns des autres par un épais drap molletonné.

Les aides, réquisitionnés pour escorter la coûteuse cargaison jusqu'à leurs honorables destinataires, arrivèrent dès que Fortunato, ouvrier spécialisé de Manuzio et responsable du convoi, eut fermé le coffre-fort à clé ; peau métissée, cheveux de jais, regard noir, bouche charnue, le jeune homme dégageait un charme auquel les servantes de la *casa* n'étaient pas insensibles.

Maria, la maîtresse de maison, se manifesta au moment où le charroi allait partir.

— *Pernella !* Va donc avec eux et dépose ce colis à Flora del Veneto.

En empoignant le paquet, la jeune fille plia sous son poids.

— Pose-le sur le coffre le temps du trajet, lui proposa Fortunato en accompagnant ses mots de gestes clairs.

La petite troupe se mit en route, longeant le canal, évitant comme elle le pouvait la foule vibrante.

Du port jusqu'à la place Saint-Marc, la route était bordée d'étals et de libraires. On y côtoyait des ateliers crasseux, on y croisait des mules chargées de livres que des rabatteurs, ne sachant souvent pas lire eux-mêmes, vendaient au tout-venant.

Une première halte permit de livrer les manuscrits à l'enseigne de la Tour, chez le libraire Andrea Torresani, puis suivirent deux autres librairies ayant pignon sur rue. Chaque halte et chaque ouverture du coffre à livres se faisaient sous les yeux de Fortunato, à l'abri des regards et sous haute surveillance. Après quoi, et pour épargner à son amie la charge de son colis, Rutebeuf proposa de l'accompagner.

— Non, rentre à la *casa*, je vais y aller avec elle… ordonna Fortunato.

Rutebeuf jeta un œil torve au Vénitien : il savait que l'ouvrier de Manuzio tournait autour de Pernelle, ce dont tous ses compagnons plaisantaient gentiment. Mais, ne pouvant s'opposer à l'un des plus anciens, Rutebeuf s'exécuta en battant le sol du pied, tel l'âne de son sabot.

— Viens, je vais t'emmener, non par le chemin le plus court, mais par le plus beau... lança Fortunato à l'attention de la jeune fille.

Pernelle se laissa conduire, toujours ravie d'admirer une nouveauté de la cité des Doges. Il l'entraîna dans un dédale de rues, si étroites à certains endroits qu'il fallait parfois se mettre dos au mur pour laisser le passage à un piéton arrivant en sens inverse.

— Combien de fois me suis-je perdue dans ce labyrinthe, car les rues se ressemblent toutes sans qu'aucune soit pareille.

Il l'interrompit en lui prenant la main.

— Chut... ferme les yeux et écoute...

Il avait murmuré. Elle retira brusquement sa main de celle du jeune homme en protestant :

— Dis, tu ne chercherais pas m'embrasser au moins ?

Il rit, dévoilant ses dents bien alignées.

— Mais non ! Fais-moi confiance !

Elle hésita et baissa les paupières, aux aguets, peu convaincue.

— Tu entends ?

Pernelle tendit l'oreille et alors elle comprit : ils se trouvaient à un endroit où l'on n'entendait plus aucun bruit, ce qui était exceptionnel à Venise : un îlot de silence, à peine troublé par le miaulement lointain d'un chat.

— C'est magique, murmura-t-elle en rouvrant les yeux.

Il lui souriait.

Les deux jeunes gens reprirent leur avancée le long des minuscules jardinets, dans des rues sinueuses et étriquées ; des ponts miniatures enjambaient les bras d'eaux sombres qui léchaient les murs lépreux des maisons.

Comme les autres, et pour travailler dans ce carrefour de langues, Fortunato avait acquis un français basique mais il lui était impossible d'entretenir une conversation approfondie. Ils s'arrêtèrent devant une bâtisse aux murs roses et Pernelle imagina le ravissement qu'éprouverait Hermance devant le spectacle de ces dentelures blanches, qui allaient en festons sur la façade dans le plus beau style gothique vénitien. Elle actionna le lourd butoir de la porte. Une domestique ouvrit, à laquelle Pernelle remit le paquet pour Flora del Veneto, geste accompagné d'une explication de Fortunato en patois local.

Les jeunes gens prirent le chemin du retour et longèrent l'entrepôt d'Aldo Manuzio, local indépendant de l'imprimerie. Depuis cet endroit, où les livres imprimés en nombre étaient stockés, partaient les livraisons vers un vaste réseau de dépositaires-libraires, qui les achetaient en gros, afin d'alimenter les universités ou les écoles de pays lointains.

À l'instar d'Hermance, Manuzio était devenu une référence pour Pernelle : Érasme leur avait raconté que lorsqu'il s'était établi à Venise, dix ans auparavant, Aldo Manuzio n'avait aucune connaissance de l'imprimerie ; pourtant, cette difficulté ne l'avait pas arrêté ; il savait d'expérience que les livres manquaient à ceux qui voulaient apprendre, la plupart des manuscrits étant réservés aux riches ainsi qu'aux universitaires. Il résolut de mettre sa propre érudition au service du plus grand nombre avec des ouvrages de qualité, et ainsi Manuzio se lança-t-il dans l'imprimerie, trouvant où il l'avait pu des appuis financiers, avec conviction et énergie. Le savoir, pour lui, devait être accessible à tous.

Trop rigoureux pour persévérer seul dans cette âpre mission, Manuzio comprit rapidement qu'il n'en viendrait à bout qu'en s'adjoignant pour collaborateurs les hommes les plus savants de son époque. Le monde changeait, la science progressait, des idées nouvelles s'installaient dans les esprits, l'homme n'était plus l'instrument de Dieu mais devenait le centre du monde, l'acteur de sa propre vie. On s'ouvrait sur un nouveau courant de pensée[19], on redécouvrait les philosophes grecs et romains, et Manuzio eut l'idée de les traduire pour offrir leurs œuvres au plus grand nombre.

Manuzio entendait-il parler de quelque manuscrit important ? Il n'avait plus qu'une obsession : se le procurer ; il mettait alors tout en œuvre pour

---

19. Qui prendra le nom d'humanisme.

y parvenir ; dépenses, voyages, intermédiaires, rien ne l'arrêtait. Par ailleurs, la réputation de Manuzio était telle dans les pays les plus éloignés que souvent on lui adressait des ouvrages sans qu'il ait eu à les commander. S'agissant de manuscrits anciens, il n'existait nulle publication antérieure ou nulle traduction et l'on faisait confiance aux savants de son « laboratoire » pour traduire ces textes de qualité. Les savants courbaient l'échine dans une quête laborieuse, lisaient, traquaient les erreurs, comblaient les lacunes, mettaient à jour, discutaient de tel passage illisible ou truffé d'erreurs, de la destination de l'ouvrage, pour en faire des chefs-d'œuvre inégalés et qui avaient assuré à l'imprimerie sa renommée internationale.

Pernelle avait ainsi appris que la devise de l'enseigne, *festina lente*, « hâte-toi lentement », était tirée de l'adage de l'empereur romain Auguste : « *Le temps n'épargne pas ce que l'on fait sans lui. Hâtez-vous lentement, et sans perdre courage, vingt fois sur le métier remettez votre ouvrage. Polissez-le sans cesse et le repolissez* » accompagné d'un symbole : un lapin courant avec les deux pattes avant, l'arrière du corps étant contenu dans une coquille d'escargot.

Oui, Enzo avait encore eu raison : il ne suffit pas de déchiffrer les mots, il faut en saisir le sens profond. Pour Manuzio, les mots étaient comme l'ivoire que polissait Hermance : il fallait y revenir avec persévérance, encore et encore, jusqu'à ce que la surface en devienne lisse et parfaite.

Elle réalisait régulièrement que toutes ses références la renvoyaient à Enzo... Le jeune homme avait en son temps planté des graines en elle, des mots ou des conversations dont elle n'avait pas compris le sens alors, mais qui devenaient clairs avec le temps et l'expérience. Si elle pensait souvent à lui, son ami pensait-il quelquefois à elle ?

Fortunato la pressa : il était l'heure de rentrer ! Obéissante, Pernelle le suivit... En marchant à ses côtés, et en l'écoutant parler, la jeune fille s'interrogea : Fortunato était beau, il était compositeur de grec, ce qui valait meilleur salaire à l'ouvrier spécialisé. Et si le destin avait conduit ses pas jusqu'à Venise pour rencontrer le jeune homme et finir ses jours à ses côtés ? Enzo ne cessait-il pas de répéter que le destin rebat sans cesse les cartes, de façon inattendue ?

Pernelle était assise dans la cuisine, se laissant coiffer par Maria et prenant garde de ne pas froisser sa belle robe.

— Aïe !

Maria venait de lui rayer malencontreusement le cuir chevelu avec une épingle à cheveux mal enfoncée.

— Arrête de t'agiter alors ! lui répondit la maîtresse de maison.

Les commis tournaient en désordre, bien coiffés, les vêtements fraîchement mis. Même Rutebeuf avait fait l'effort et s'était habillé de propre.

— Comme tu es belle ! On dirait une princesse ! s'exclama-t-il.

Séraphin était tout aussi élégamment vêtu : un pantalon de velours et des chaussettes blanches, une chemise de coton, le tout prêté par le neveu de Maria. C'est que, pour la plus grande fête de Venise après le Carnaval, il fallait se montrer à la hauteur de l'événement !

Pernelle releva les yeux et aperçut Fortunato qui, assis sur le coin du banc des savants, la dévorait du regard.

Manuzio sortit de sa chambre, élégamment vêtu à la mode bourgeoise, et mit dehors sa maisonnée d'apprentis en les houspillant gentiment :

— Pour une fois que vous ne travaillez pas, vous êtes encore là ? Ouste ou vous allez perdre les meilleures places !

Tous sortirent dans une joyeuse cohue. La *casa* vidée, le calme s'installa ; les machines étaient arrêtées, la presse silencieuse, les casses contenant les caractères d'imprimerie étaient sagement empilées.

— Je n'avais jamais connu tel silence ici ! s'exclama Pernelle.

— C'est que, un jour pareil, tous les ateliers de Venise ont fermé leurs volets.

Maria, qui se tenait derrière Pernelle, lui indiqua qu'elle en avait fini avec sa coiffure.

La jeune fille toucha délicatement sa chevelure, sentit les nattes joliment torsadées dans lesquelles courait un ruban de velours assorti à sa robe.

— Si maman nous voyait! commenta Séraphin.

— Ouste, ouste! s'exclama Maria, pressée à présent de rejoindre les festivités.

Ce qui restait de la *casa* quitta l'imprimerie dans une effusion festive.

Les rues étaient en ébullition. Il suffisait de suivre la foule, qui se pressait vers le palais ducal : c'est là que chaque année, le jour de l'Ascension, débutait la cérémonie des Épousailles de Venise avec la Mer, l'une des plus glorieuses fêtes de la cité des Doges. Pour l'événement, on sortait le *Bucentaure*, la prestigieuse galère de parade.

C'était une nouvelle occasion pour les Vénitiens de rivaliser d'excentricité, de se démarquer des autres par le dernier accessoire en vogue, venu souvent d'Orient, espérant lancer un « *nuovo modo*[20] ». C'était également l'un des rares jours où l'on était autorisé à porter des perles, leur exhibition étant interdite dans les apprêts vestimentaires les autres jours de l'année.

---

20. *Nuovo modo* (*di vestire*) : « nouvelle façon de se vêtir », qui se déclinera en *nuova moda* et donnera l'expression « être à la nouvelle mode » ou « nouvelle mode » au XVIᵉ siècle, puis « être à la mode ».

Le Môle était animé d'une foule effervescente. Escorté d'une haie de princes, des sénateurs, du légat du pape et d'une suite d'évêques en tenue d'apparat, le doge monta à bord de la galère de parade, rutilante d'or, d'argent et de brocarts. Coiffe ducale sur la tête, la baguette de commandement à la main, il vint s'assoir sur le trône qui lui était réservé à la poupe du *Bucentaure*, plus rutilant que toutes les gondoles réunies. Emporté par ses rameurs et entouré d'une légion de barques et de gondoles ornementées et fleuries, de bateaux de pêche enrubannés, le navire de parade s'éloigna au son des trompes et des tambours, accompagné du long égrènement des cloches de la ville et de salves de canon.

— C'est dommage qu'on ne voie rien ! soupira Pernelle.

Fortunato, qui se tenait près d'elle et ne la lâchait pas d'une semelle, expliqua :

— Le doge se rend en pleine mer. Là, il jette un anneau d'or dans l'eau pour symboliser les épousailles entre la Sérénissime et la mer.

— À quoi ça sert ? demanda Séraphin, qui maîtrisait à présent la langue italienne.

— C'est pour commémorer une guerre qui a apporté à Venise la maîtrise de toute la mer Adriatique, il y a quatre siècles de cela.

Le regard de Pernelle quitta son interlocuteur pour suivre le ballet gracieux des barques sur l'eau...

Lorsqu'au retour le *Bucentaure* et son escorte pompeuse touchèrent le port, la liesse chavira la multitude ; le fastueux cérémonial se reforma sur la place et la procession se dirigea vers la place Saint-Marc.

Fortunato prit la main de Pernelle :

— Viens, je veux te montrer quelque chose !

— Et nous ? protesta Rutebeuf.

Le jeune Italien hésita avant de lancer :

— D'accord, venez ! Et si on se perd dans la cohue, rendez-vous devant la tour de l'horloge !

Fortunato tira Pernelle par la main, visiblement pressé de se débarrasser des chaperons de la jeune fille.

Pernelle ralentit :

— Attends, je ne vois plus les autres.

Mais Fortunato, qui tenait fermement la main de sa compagne dans la sienne, poursuivit sa course jusqu'à un cul-de-sac.

— Où m'emmènes-tu ? s'inquiéta Pernelle.

— Viens, je te dis, et pressons-nous ou nous allons arriver trop tard !

Le Vénitien aida la jeune fille à gravir un petit escalier en colimaçon conduisant à un balcon abandonné en surplomb de la place. Saisie par le spectacle, Pernelle en oublia ses craintes : la foule, à leurs pieds, remuait et clapotait, poussant des vivats tandis que les cloches sonnaient à toute volée. Elle se boucha les oreilles : les jeunes gens se trouvaient face à l'horloge monumentale inaugurée l'année précédente. Elle indiquait l'heure, mais aussi la position du soleil et de la lune, les saisons et les signes du zodiaque ; grâce à elle, les marins pouvaient prévoir les conditions favorables pour la navigation.

Aux premières loges, Pernelle admira le cadran qu'elle n'avait jamais vu d'aussi près. Le premier coup de midi sonna et, miraculeusement, tout autre bruit se suspendit.

Lorsque les douze coups furent égrenés sur la grande cloche, la magie opéra : deux portes latérales s'ouvrirent et des statues automates — l'ange à la trompette et les rois mages — sortirent l'une derrière l'autre, vinrent s'incliner devant la statue de la Vierge avant de ressortir par la seconde porte. C'était si merveilleux à voir d'aussi près que Pernelle en eut le souffle coupé !

— Je n'ai jamais rien vu d'aussi beau ! s'exclama-t-elle.

Fortunato s'approcha de la jeune fille et, sans en demander la permission, déposa un baiser sur ses lèvres.

Étourdie par ce contact inattendu, Pernelle repoussa mollement son compagnon et égara ses yeux sur la foule en contrebas, l'horloge, les portes refermées derrière lesquelles s'étaient retranchés les automates. Son cœur battait avec la même violence que la cloche de la tour. Elle fut submergée par une bouffée de nostalgie et le seul visage qui lui vint à l'esprit fut celui d'Enzo, avec la force implacable du fleuve qui finit toujours par gagner la mer malgré les méandres où il s'est aventuré… Cet instant, c'est avec lui qu'elle aurait voulu le partager ! Qu'était devenu ce temps si doux où elle faisait un bout de chemin en la compagnie du capet dans les rues animées de Paris ? Tous ces moments feutrés et complices, assis côte à côte, leurs visages penchés dans un même souffle au-dessus de l'ardoise ? Son cœur se froissa violemment d'un manque, qui portait le doux prénom d'Enzo.

Chapitre 3

De nouveaux soleils

Pernelle et Séraphin s'étaient fixé pour priorité de régler le reliquat dû aux savants médecins et les mois passés y avaient pourvu, d'autant que Rutebeuf avait tenu à y participer. À présent quittes de leur dette, les trois jeunes gens pouvaient sereinement envisager leur retour et engranger l'argent nécessaire à leur voyage.

Enzo leur avait lui aussi écrit, par l'entremise d'Érasme ; mais s'il donnait de ses nouvelles – sa mère était décédée et il restait pour l'heure auprès de son père et de sa sœur cadette –, elles avaient laissé Pernelle sur sa faim, car à aucun moment ses lignes ne laissaient transparaître autre chose qu'un sincère sentiment amical... La jeune fille avait tenu à lui répondre elle-même ; pour lui montrer les progrès accomplis, elle fit l'effort de lui relater tous les événements passés et présents, lui rappelant — manière indirecte de savoir si elle le reverrait un jour — qu'elle était désormais en mesure de lui rembourser leur dette.

Pernelle étendit le dernier drap sur la corde à linge. Comme chaque jour lorsqu'elle en avait fini avec ses corvées, elle posait son regard sur Maria ; si la patronne n'avait pas d'autre tâche à lui confier, elle la laissait aider à l'imprimerie. Celle-ci hocha la tête en souriant : libérée, et forte de l'accord de la femme de Manuzio, Pernelle rejoignit Séraphin et l'aida à badigeonner d'encre les caractères grecs, conçus et ciselés par le grand orfèvre Francesco Griffo pour le compte exclusif de Manuzio ; pendant ce temps, son frère s'affaira au-dessus des casses contenant l'autre invention de Manuzio, elle aussi mise en œuvre par Griffo : le caractère en capitale romaine penchée qui, en remplacement du gothique, permettait de gagner de la place et donnait à la ligne un élégant équilibre[21]. Car Aldo Manuzio s'était mis en tête de publier une Bible dans trois langues ! Pour couronner son art, l'imprimeur avait établi un code de ponctuation, y ajoutant sa trouvaille : une virgule surmontée d'un point. À mi-chemin entre le point et la virgule, il permettait au lecteur

---

21. Il s'agit de l'écriture italique, inventée par Aldo Manuzio et reproduisant l'écriture manuscrite utilisée en chancellerie. À l'origine elle s'appelait l'*aldine*, nom dérivé d'*Aldo* ; le mot *italique* (parce que née en Italie) n'est apparu que plus tard.

d'identifier les propositions indépendantes et de rythmer la phrase.

— Ce Manuzio est un génie et depuis Gutenberg personne n'a fait mieux !

Pernelle s'essuya les mains dans un torchon déjà imbibé d'encre puis le jeta dans le panier.

— Quand je pense aux livres d'Antoine Vérard, qui a pourtant belle réputation à Paris, que je lui ai apportés, et qu'il a consultés avec un intérêt mesuré…

Manuzio grogna un nouveau « je travaille ! » et ils se turent.

Maria, qui était sortie sur le perron, revint une lettre à la main ; elle fit signe à Pernelle de s'approcher en lui tendant le pli.

Médusée, Pernelle contempla son nom sur le libellé de l'adresse et, pour avoir relu mille fois au moins l'unique lettre qu'Enzo leur avait adressée jusqu'alors, elle reconnut sans peine son écriture.

Fébrilement, elle en fit éclater le sceau et, s'étant mise à l'écart, elle se mit à la dévorer. Son visage s'illuminait à mesure qu'elle parcourait les lignes et rayonna lorsqu'elle lut la dernière phrase : « *Puisque tu veux absolument payer ta dette, tiens-le-toi pour dit : je projette de revenir à Paris au printemps pour y passer mon diplôme de fin d'études et j'espère bien que tu ne me feras pas faux bond !* »

L'ivresse emporta Pernelle en un violent tourbillon. Pour s'assurer qu'elle avait bien compris, elle relut trois fois la lettre, et dix fois ce passage annonçant le retour d'Enzo. Soudain, elle n'avait plus qu'une envie : partir !

— À boire, Pernelle ! gronda l'imprimeur.

Glissant la lettre dans la poche de son tablier, Pernelle s'activa avec une force nouvelle.

Cruchon en main, la jeune fille s'apprêtait à faire sa tournée d'eau, avec l'impression de marcher sur des nuages. Lorsqu'elle frôla la table de travail où Érasme et ses amis devisaient à propos d'une traduction de texte grec, elle lui glissa :

— Enzo a écrit !

L'un des savants regarda par-dessus ses clouants et émit un « chuuuut » long comme le bruissement d'une vague, faisant taire la jeune servante. Pernelle s'approcha de la table de Manuzio, remplit son godet d'eau puis, cruche serrée contre sa poitrine, elle observa l'imprimeur. À peine avait-il mis au point une innovation qu'il en imaginait une autre ; sa nouvelle obsession ? Inventer un livre de petit format, pratique et léger, que l'on pourrait tenir d'une main, emporter en promenade ou en voyage, ce qui réglerait les inconvénients des livres trop grands, trop lourds, et réduirait le coût en papier donc, au final, le prix du livre lui-même. Concentré devant un feuillet de la taille d'une peau de mouton déployée, le *Maestro* la pliait en deux, puis encore en deux, butant visiblement sur la solution.

Lorsqu'il passa la lame pour couper les arêtes et qu'il découvrit le résultat, il s'emporta, pétrit le tout en boule, qu'il jeta à la tête d'un commis.

Pernelle posa sa cruche sur la grande table où les ouvriers de service prenaient leurs repas puis alla discrètement ramasser les pelotes de papier, nombreuses depuis ce matin, avant que les semelles insouciantes ne viennent les écraser. Elle revint vers la table, s'assit sur le banc. La jeune fille les déplia patiemment et tenta de comprendre ce que Manuzio essayait d'obtenir et pourquoi il était à ce point contrarié.

Absorbée par son casse-tête, elle ne perçut la présence de l'imprimeur à ses côtés que trop tard ; dans ce lieu où l'on ne chômait pas, elle venait d'être prise en flagrant délit d'inaction, ce qui pour Manuzio était pire qu'un crime.

L'infortunée voulut se lever et déguerpir, mais l'homme lui posa une main robuste sur l'épaule, l'obligeant à rester assise. La jeune fille attendit, le souffle en suspens. Loin de se fâcher et de gronder la jeune travailleuse, et comme s'il ne l'avait même pas remarquée, Manuzio observa le tapis de feuillets ; happé par quelque idée nouvelle, il revint à sa table de travail.

Peu de temps après on entendit tonner un rire guttural que même Rutebeuf n'aurait pas été en veine de concurrencer.

— *Brava ! Bravissima !* claqua le *Maestro.*

On s'entreregarda, interloqué, tandis que Manuzio interpellait le compositeur dans une fièvre digne des grands jours. On comprit qu'il se passait quelque chose d'inédit.

Fortunato sortit sa plaque de lettres romaines italiques. Manuzio s'en approcha et, toujours avec son prototype pour support, il donna des mesures, expliqua, réexpliqua. Le résultat fut confié à l'encre, puis à la presse, le volant de bois tourna sous la force de Séraphin et d'un autre manouvrier.

Fébrilement, Manuzio attendit. Les autres guettaient, l'œil en coin, n'osant plus respirer.

Enfin, la feuille de grand format sortit avec son texte et le *Maestro* s'en empara.

Debout devant sa table, et sans attendre que l'encre soit sèche, l'imprimeur plia le grand feuillet, le replia, et une fois encore, puis en coupa le fil à l'aide d'une lame. Manuzio feuilleta le résultat, poussa un cri de bonheur, fit cesser le travail et tous, du savant au commis, accoururent à l'endroit où il se tenait. Oui, il se passait bien quelque chose d'exceptionnel !

L'imprimeur posa le livret, bien plus petit que le format traditionnel, et en tourna les pages en expliquant :

— J'ai plié la feuille non pas en deux comme à l'ordinaire, mais en trois, ce qui nous permet d'atteindre huit feuillets, soit seize pages. Ce pliage, nous le baptiserons *in octavo* ; quant au résultat...

Il prit le livret, qui tenait dans la paume de la main, le glissa dans une poche avec la plus grande satisfaction :

— Mes amis, *il Manuzio* vient d'inventer le livre *tascabile*[22]. Dorénavant, étudiants, savants, missionnaires, lettrés, pourront emporter leur ouvrage partout où ils iront, même au lieu d'aisance !

Aldo Manuzio, encore lui, venait de révolutionner l'histoire du livre. On applaudit et ce fut un moment de liesse, car on savait vivre une nouvelle révolution dans l'histoire du savoir !

Enfin, le *Maestro* lança son ordre :

— Personne ne dort cette nuit, on modifie tous les métrages, les casses, les fenêtres typographiques !

Cette nouvelle fut emportée par moins d'enthousiasme, les ouvriers étant déjà éprouvés par une longue journée de travail.

Dans un désordre confus, on regagna son poste tandis que les érudits, admiratifs, feuilletaient le livret.

Manuzio se tourna vers Pernelle :

— C'est le Ciel qui t'a envoyée ici car c'est grâce à toi que j'ai trouvé la solution ! Dès que les *tascabili* seront prêts, je vais les faire livrer partout

---

22. *Tascabile* : « que l'on peut mettre dans une poche (*tasca*) ».

où il sera possible de le faire. Pour te remercier de m'avoir inspiré, je vous offre de quoi payer votre voyage de retour. Et si tu n'as pas sommeil cette nuit, ton aide sera la bienvenue !

Le temps d'étonnement passé, on entendit Rutebeuf hasarder :

— Moi aussi ?

— Il n'y a vraiment que les ânes qui ne se plaignent jamais de trop travailler ! plaisanta Érasme.

Tous rirent de contentement. Le regard de Pernelle croisa celui de Fortunato, le seul qui se fût assombri ; mais qu'importait ! Elle enserra la main de Séraphin et tous deux furent émus jusqu'aux larmes : pas tant par l'invention d'Aldo Manuzio que par le fait qu'ils allaient enfin rentrer à la maison et retrouver leur mère ! Lorsque Enzo saurait, comme il serait fier d'elle !

Chapitre 4

Paris, décembre 1501

Paris s'offrait sous la neige, blanche et lumineuse comme un bonheur apaisé. Pernelle, Séraphin et Rutebeuf s'arrêtèrent, le cœur serré : le temps en leur absence avait coulé comme l'eau sous les ponts, et celui de Notre-Dame n'était pas encore achevé. Eux qui avaient visité d'autres contrées trouvaient à la Cité quelque chose de désuet, mais finalement de reposant : ils étaient rentrés chez eux et ils allaient passer Noël avec leur mère.

Ils empruntèrent la rue où s'étaient installés les libraires le temps des travaux et firent halte devant la boutique à l'enseigne de saint Jean l'Évangéliste d'Antoine Vérard, l'illustre imprimeur de Paris. Rutebeuf donna le sac à Pernelle puis allongea le bras, décrocha une aiguille de glace qui pendait de l'auvent et la suça.

— Nous t'attendons ici, proposa Séraphin.

La jeune fille poussa la porte. Antoine Vérard détailla Pernelle, mettant du temps à reconnaître sa visiteuse, enveloppée dans une chaude cape, les cheveux nattés et enlacés d'un ruban, à la mode de Venise.

L'imprimeur jeta un regard captivé à la sacoche que Pernelle posait sur le comptoir puis il se débarrassa aimablement d'un client et ferma la porte derrière lui.

— Alors ? s'impatienta-t-il.

— De nombreux libraires ont vanté votre travail et on m'a acheté vos livres au prix que vous en demandiez. Avec l'argent, j'ai fait cette acquisition pour vous.

Elle ouvrit le havresac, en sortit un étui, qui libéra son précieux bien : trois livres, qu'elle posa devant l'imprimeur. Antoine Vérard les contempla, y passa le plat de la main, en ouvrit un, le feuilleta religieusement. Une surprise émerveillée se lisait sur son visage. Pernelle expliqua :

— C'est l'invention d'un Vénitien : Aldo Manuzio. Pour réduire les frais de fabrication, il a inventé ce nouveau caractère, qui prend moins de place et est plus aisé à lire que le caractère gothique : la minuscule romaine penchée, que l'on nomme *aldina* ou *italique*, ajoutée d'une ponctuation audacieuse qu'il a appelée *point à virgule*. Pour remédier au problème des livres très coûteux, volumineux et très lourds, Aldo Manuzio a innové dans l'art de plier le feuillet initial, qui permet d'obtenir un livre beaucoup plus petit, un livre *tascabile* comme il l'a baptisé, c'est-à-dire « de poche ». L'ouvrage coûte ainsi moins cher à la fabrication, et en conséquence est vendu moins cher ; il est ainsi plus accessible aux étudiants et fabriqué en plus grand nombre.

André Vérard écoutait scrupuleusement la jeune fille tout en feuilletant l'un des livres, pas plus grand qu'une paume de main. L'intérieur était imprimé avec élégance, le façonnage fait avec un soin méticuleux.

— Ton choix est très judicieux, j'ignorais que tu avais une quelconque connaissance en ouvrages. Qui t'a conseillée ?

— De fait, j'ai travaillé chez le *Maestro* durant tout mon séjour à Venise.

Antoine Vérard était resté bouche bée tandis qu'elle posait de l'argent sur la table et le comptait devant lui.

— La vente de vos livres m'a rapporté de quoi acheter ces trois ouvrages et c'est ce qui reste de votre argent.

L'homme repoussa les quelques pièces vers elle en les couvrant de la main.

— Non, garde-les pour ta peine et pour le bonheur que tu me procures avec ces précieux trésors ! Accepterais-tu de venir dans mon atelier en parler plus longuement, voire m'expliquer ça en pratique ?

Interloquée par la proposition inattendue, Pernelle accepta puis se retira.

Séraphin et Rutebeuf, qui avaient bavardé sur le perron en l'attendant, remarquèrent la joie sur le visage de la jeune fille. Ses yeux bouillonnaient de fièvre lorsqu'elle leur confia :

— Si on m'avait dit qu'un jour, moi la porteuse d'eau qui ramassait des fruits invendus au marché, qui ne savait ni lire ni écrire… Si l'on m'avait dit qu'un jour je serais employée par le plus grand génie après Gutenberg, puis que je serais sollicitée par le plus grand libraire de Paris, l'imprimeur du roi de France…

Emporté par le même enthousiasme, Séraphin confia :

— Oui, nous avons accompli de belles choses. Te souviens-tu de la conversation que nous avons eue sur le pont aux Meuniers le jour de l'enterrement de papa ?

Sa sœur acquiesça et il poursuivit :

— Tu avais raison de nous dire qu'en restant à Venise nous progresserions de la plus belle manière qui soit ! Je mesure après coup la chance qui s'est offerte à nous : en plus de nous disculper définitivement, nous avons fait école dans l'atelier d'un génie !

Rutebeuf gloussa :

— Moi aussi, l'idiot du quartier, dont tout le monde se moquait ici, là-bas j'étais « *il Francese* » ; c'était comme un titre de noblesse ! Mais quand je raconterai que j'ai vu du pays, que j'ai vécu à Venise et appris l'italien...

Il était tellement heureux que cela faisait plaisir à voir. Lui aussi réalisait le chemin parcouru.

Pernelle contempla leur reflet dans la vitre de la boutique du libraire du roi : comme ils avaient changé ! Son frère avait grandi, s'était étoffé, avait pris de l'assurance. Rutebeuf avait curieusement l'air plus apaisé, plus beau. Et elle...

— Maman nous reconnaîtra-t-elle ? douta-t-elle un instant.

Séraphin s'amusa de la question de sa sœur et Rutebeuf pouffa de contentement.

De loin, on voyait la Vierge sur la façade de la cathédrale Notre-Dame, tournée vers eux, comme une mère veillant ses enfants. Un marchand de gaufres et de beignets accompagnait le passant, vendant ses douceurs ; Séraphin sortit une pièce de sa besace et en acheta quatre, qu'il partagea. Il enveloppa le dernier, destiné à leur mère, dans un linge.

— Enfin nous allons être réunis et pour Noël un bon feu crépitera dans l'âtre, commenta le jeune homme.

— Tu viens ? lança Rutebeuf à Pernelle, restée vissée à sa devanture de boutique.

La jeune fille n'entendait plus rien. En contemplant le reflet de son image dans la vitre, elle comprit que si le monde changeait, elle aussi avait changé ; elle avait gravi la montagne du savoir évoquée par Enzo et, en cet instant, elle eut la certitude qu'un jour elle serait libraire ou imprimeur. Rutebeuf, le brave et fidèle ami, pourrait l'épauler, il avait montré ses capacités à le faire dans l'atelier de Manuzio et y avait même acquis de bonnes manières... Elle se remémora le papier gras qu'elle gardait dans sa poche, puis l'ardoise, puis les livres prêtés par Enzo, ceux d'Antoine Vérard, jusqu'en Italie, ceux d'Aldo Manuzio jusqu'à Paris...

Au fil du temps, la porteuse d'eau s'était faite porteuse de mots...

Dossier

Ce qui est vrai,
ce qui est romancé

Pernelle et les membres de sa famille, mais également Rutebeuf, Enzo, Hermance, sont des personnages imaginaires. En revanche, beaucoup de ce que raconte l'auteur est parfaitement véridique.

Les personnages historiques

Érasme de Rotterdam

Érasme (1469-1536) est considéré comme l'un des plus éminents humanistes. Prêtre, écrivain et théologien hollandais, il voyage beaucoup, ce qui l'enrichit de tous les mouvements culturels européens. De 1495 à 1499 il fait de nombreux séjours à Paris, où il prépare le doctorat de théologie de la Sorbonne. Il gagne sa vie en travaillant comme précepteur et est hébergé par l'austère collège Montaigu, dont les conditions de vie très difficiles font tomber Érasme malade ; il part séjourner en Angleterre, puis à Venise où il rencontre Manuzio. Comme décrit dans le roman, il fait partie de son « collège » d'érudits, chargés de lire, traduire, commenter les œuvres antiques en vue d'édition.

Dans *L'Éloge de la folie*, son plus célèbre ouvrage, Érasme critique l'attitude du clergé et des papes, dont les comportements lui semblent contraires à la parole des Évangiles.

Preuve que son rayonnement est toujours aussi grand : aujourd'hui le programme d'échanges d'étudiants dans les universités d'Europe se nomme « Erasmus ».

Barthélémy de Chassanée

Cet avocat était le grand spécialiste des procès d'animaux. Il se rend célèbre dans le procès des rats, auquel assiste Pernelle dans le roman. Car au Moyen Âge, aussi incroyable que cela puisse paraître, on juge les animaux comme les hommes et selon la même procédure ! Lorsque leurs récoltes sont dévorées par des animaux, le paysan peut donc demander réparation devant la justice. Les affaires sont alors portées devant un tribunal ecclésiastique, ce qui donne lieu à de véritables procès dont nous connaissons de nombreux détails foisonnants et savoureux. Les plaidoiries évoquées dans ce roman sont authentiques, sauf celle du procès de Richarde.

Antoine Vérard

Cet éditeur et libraire parisien était installé dans une boutique sur le pont Notre-Dame entre 1485 et 1512. En 1499, quand débute ce roman, nous sommes à la charnière entre l'ancien monde et le nouveau. Antoine Vérard, qui travaille pour le roi et les riches bourgeois, combine les techniques anciennes et les modernes : il travaille encore sur vélin richement enluminé pour des clients fortunés, ou imprime sur papier avec des enluminures faites à la main.

Aldo Manuzio

Cet homme remarquable, né en 1449 et mort en 1515, a d'abord enseigné le grec et le latin à de brillants élèves vénitiens. Comme il ne trouve pas d'éditions savantes des classiques à des formats pratiques, il décide de s'en charger lui-même et de fabriquer exactement le genre de livres dont il a besoin pour ses cours. Pour ce faire, il fonde l'imprimerie Aldine en 1494-1495 et prend pour emblème un dauphin et une ancre, respectivement symboles de rapidité et de fiabilité. Il se choisit également une devise : *Festina lente* (« hâte-toi lentement »).

Manuzio s'entoure des savants orientaux émigrés, exilés et réfugiés et se lance dans un ambitieux programme de publications : les œuvres en grec (Sophocle, Aristote, Platon...) et en latin (Virgile, Horace, Ovide...) dans la langue originale. Il va grandement contribuer à diffuser l'humanisme grâce à ses ouvrages.

Il s'allie Jensen, un spécialiste de la gravure, à qui il commande des caractères grecs, qui n'existaient pas jusqu'alors. Outre les textes classiques, Manuzio publie des grammaires et des dictionnaires. Il invite à Venise d'éminents humanistes venus de toute l'Europe, afin de discuter des titres à imprimer.

Martin Bonnot
Bonnot est le Maître de l'université à Paris, où il a fait ses études. Après avoir obtenu son diplôme en 1490, il quitte un temps Paris mais y revient définitivement en 1495 et devient maître régent de la faculté. Il meurt en 1511.

Pierre Rosée
Il fait partie de la nation normande de l'université de Paris et entre à l'école de médecine en 1487 ou 1488. Il obtient sa licence de médecin en 1498. Il devient médecin de l'Hôtel-Dieu aux environs de 1507.

Les métiers

Les porteurs d'eau
Comme la plupart des métiers de rue, l'activité de Pernelle possède son « cri » spécifique : « De l'eau… ». Le porteur d'eau à bretelles a toujours deux seaux de hêtre recouverts d'un couvercle de bois (la « nageoire ») qui empêche les éclaboussures. Ces seaux contiennent une dizaine de litres chacun (donc vingt kilos de charge en tout !). Ils sont attachés par des crochets à un cerceau rigide qui les maintient à distance pour éviter au porteur de s'y cogner à chaque pas. La

sangle de cuir ou « bretelle » passée derrière son cou supporte le tout. Certains utilisent également un tonneau placé sur une charrette à deux roues, qu'ils traînent eux-mêmes ou au moyen d'un âne ou d'un cheval. Ils distribuent ensuite l'eau à domicile.

Les déchireurs de nefs

Sur l'île Maquerelle, Séraphin exerce un rude métier. Cette île est un peu une « casse » de bateaux. On y emmène les embarcations en mauvais état pour les démonter et en récupérer le bois, qui est revendu à bas prix.

Les débardeurs

Au port de la Grenouillère, en-dessous du pont Royal (actuelle gare d'Orsay), de nombreux débardeurs s'activent, comme le père de Pernelle. C'est là qu'arrivent les trains de bois flotté. Des hommes sont chargés de les sortir de la Seine ; pour cela ils passent de l'eau à la terre comme des grenouilles, d'où le nom du port. À tremper dans la vase du lever au coucher du soleil, ces ouvriers souffrent de toutes les affections de poitrine, mais aussi d'ulcères aux jambes, hideuse maladie appelée « grenouille ». Ils ont une faible espérance de vie.

Les ivoiriers

L'ivoirier travaille principalement l'ivoire d'éléphant : la partie haute, pleine, sert à la sculpture de statuettes ; la partie basse, creuse, est débitée en rondelles puis en plaques qui permettent la décoration à plat (coffrets, livres ou panneaux muraux). On utilise également l'ivoire de morse, de narval. Pour les œuvres moins onéreuses, on emploie de la corne ou de l'os de bovin, mais ceux-ci noircissent avec le temps. L'ivoire sert aussi à fabriquer des objets (boutons, manches de couverts). C'est un travail minutieux, et pour plus de précision on utilise des verres grossissants, les clouants, ancêtres des lunettes. Ce sont deux verres de cristal de roche sertis sur deux montures en bois articulées par un clou, d'où leur nom. Les premiers clouants sont apparus en Italie au XIIIe siècle.

L'humanisme

La découverte du Nouveau Monde en 1492 apporte une nouvelle représentation du monde. Pas seulement géographique, mais également religieuse et philosophique : c'est la naissance de l'humanisme, qui place l'être humain et les valeurs humaines au centre de la pensée.

Jusqu'alors, il suffisait d'être un homme d'élite, un prince ou un guerrier pour avoir tout pouvoir. On s'appuyait sur la religion pour régenter les lois et les esprits. Or, le monde change : l'imprimerie permet la diffusion des connaissances et la redécouverte du savoir ancien ; la médecine progresse grâce à l'enseignement; des hommes nouveaux font leur apparition sur le devant de la scène : ils étudient, voyagent, connaissent plusieurs langues, explorent les secrets de la nature dans les facultés, les bibliothèques, ou les laboratoires.

Développé en Italie, l'humanisme va rapidement se propager dans toute l'Europe, atteignant son apogée au cours du XVIe siècle. Bien sûr, la lutte avec l'Église sera âpre car la religion imprègne la culture médiévale (on le voit avec la polémique autour de la dissection par exemple).

La rupture avec le passé est entamée et le siècle suivant va poursuivre magistralement cette évolution : le monde renaît différemment à travers ce que l'on nommera (plus tard) la Renaissance.

L'imprimerie

L'imprimerie (procédé répandu en Europe par Gutenberg en 1453) est l'une des inventions les plus révolutionnaires pour la propagation des connaissances (avant, les manuscrits étaient recopiés à la main, par des clercs, dans les *scriptoriae*, ce qui prenait beaucoup de temps pour ne recopier qu'un seul ouvrage).

Le plus grand génie depuis Gutenberg est sans conteste Aldo Manuzio. Si Paris regorge d'imprimeurs et de libraires, entassés sur le pont Notre-Dame malgré les nombreux effondrements, Venise est la ville phare de l'édition au XVe siècle. Plaque tournante du commerce entre l'Orient et l'Occident, la cité des Doges dispose de papier, d'ouvriers qualifiés et de techniques nouvelles.

Un homme personnifie à lui seul le génie de Venise : Aldo Manuzio. C'est un précurseur et un inventeur à part : son cerveau, sans cesse en ébullition, ne se contente pas de faire « comme tout le monde », il cherche sans répit des méthodes nouvelles.

Il est l'inventeur de l'italique : jusqu'alors on imprimait en caractères gothiques, difficiles à lire et prenant beaucoup de place. Aldo recherche un caractère d'imprimerie qui puisse se rapprocher de l'écriture cursive : il fait appel à Francesco Griffo, orfèvre et tailleur de poinçons, qui lui dessine l'aldine (que l'on nommera plus tard italique, car née en Italie), ou capitale romaine minuscule. Ce sont les caractères que nous employons encore aujourd'hui. S'y ajoute le point virgule, une autre de ses trouvailles.

Aldo Manuzio est également l'inventeur du livre de poche. Les manuscrits et livres anciens sont très grands, très lourds, peu maniables et coûteux. Aldo Manuzio a l'idée de plier ces grandes feuilles de papier en trois : il obtient ainsi huit feuillets soit seize pages de texte (qu'il baptise a *octavo*, c'est-à-dire « en huit ») ; ce nouveau format permet de transporter et lire son livre partout… Manuzio vient d'inventer *il tascabile*, le livre de poche.

Pour réduire les frais de fabrication, il décide, une fois les caractères en place, d'imprimer mille exemplaires à la fois ; un exemplaire perdu ou endommagé peut ainsi se remplacer.

Le génie d'Aldo Manuzio a donc permis de réduire la taille, le poids et le coût des livres. C'est ainsi que le savoir va devenir accessible à un plus vaste marché, mais aussi à des lecteurs moins fortunés. Grâce à lui se développe également l'édition des œuvres de divertissement.

La médecine

Tout comme l'imprimerie, la médecine va entamer sa révolution à l'époque de Pernelle.

La pratique des soins a longtemps été liée à la religion : on demandait la guérison à Dieu, au Christ ou aux saints protecteurs par des prières ou en faisant bénir des herbes médicinales selon tout un rituel. On appelait cela « la médecine du pauvre », car elle ne coûtait rien et résidait dans l'espérance. Les religieux sont dépositaires du savoir, sont instruits des choses de la médecine mais Dieu reste au centre de tout et la médecine n'évolue pas.

Parallèlement, au XIᵉ siècle, à Salerne (Italie), est née une école de médecine laïque. En France, son équivalent est créé à Montpellier. La renommée de ces écoles grandit grâce à l'ouverture d'esprit de ceux qui y enseignent : ils accueillent des étudiants de toute l'Europe et s'intéressent au savoir des Arabes et des Juifs. Une rivalité naît alors entre la médecine laïque et religieuse. L'Église de Rome empêche Salerne de pratiquer des autopsies et interdit aux religieux d'avoir recours à la chirurgie.

Le « Collège royal de médecine », laïc, est créé en 1450 et, le 5 mars 1481, le bâtiment abritant la faculté de médecine, rue de la Bûcherie, ouvre ses portes. Le 29 août 1498, sous le règne de Louis XII, de nouvelles règles sont édictées : la profession médicale est définitivement laissée aux laïcs.

Mais on parle de médecine et les chirurgiens n'étaient pas à l'origine admis au sein de la Faculté. Ils forment le Collège indépendant de Saint-Côme et Saint-Damien, dont il est question dans le roman. Ils sont en concurrence avec les barbiers, qui continuent à pratiquer des opérations normalement réservées aux seuls chirurgiens. Voulant être reconnus et distingués des barbiers, les chirurgiens demandent la création d'un diplôme spécifique à leur art. En 1437, ils obtiennent le droit de suivre les cours des écoles de médecine. On marque alors la différence par l'appellation de chirurgiens de robe longue (car instruits en université ils portent l'habit long du médecin) et les barbiers, dits chirurgiens de robe courte. La confrérie des chirurgiens à robe longue s'installe dans les dépendances de l'église Saint-Côme, prend le nom de Confrérie de Saint-Côme et de Saint-Damien et donne des soins gratuits les premiers lundis de chaque mois.

Table des chapitres

DU MÊME AUTEUR
Aux éditions Casterman

Collection Romans
LES ÉNIGMES DU VAMPIRE

LES BRUMES DE MONTFAUCON
Prix du Roman jeunesse du ministère de la Jeunesse et des Sports, 2005
Prix NRP Collèges, 2005
Prix Val Cérou sur l'univers médiéval, 2006
Prix du Roman jeunesse de la ville d'Aumale, 2006
Prix Lire en Chœur des Lycéens de Nogent-le-Rotrou, 2013

INCH'ALLAH ! SI DIEU LE VEUT !

LE MYSTÈRE DES PIERRES
Prix Fulbert de Chartres, 2011

LES DERNIERS JEUX DE POMPÉI
Sélection du ministère de l'Éducation nationale
Prix Biennale des collégiens de Pontivy, 2014

QUELLE ÉPIQUE ÉPOQUE OPAQUE !

PAR-DELÀ L'HORIZON — L'ENFANCE DE CHRISTOPHE COLOMB

Collection Documentaires
C'EST LEUR HISTOIRE — LES EXPLORATEURS

Aux éditions Le cherche-midi

LE GRAND LIVRE DES « POURQUOI »
J'IMPRIME PAS OU 10 MÉTHODES POUR SE SOUVENIR DE TOUT